U0747069

百家文学馆

梦中的星空

高桂芬 著

中国文联出版社

图书在版编目（CIP）数据

梦中的星空 / 高桂芬著. -- 北京：中国文联出版社，2017.10（2023.3 重印）

ISBN 978-7-5190-3201-2

Ⅰ.①梦… Ⅱ.①高… Ⅲ.①散文集—中国—当代 Ⅳ.①I267

中国版本图书馆 CIP 数据核字（2017）第 259312 号

著　　者　高桂芬
责任编辑　刘　旭
责任校对　李海慧
装帧设计　中联华文

出版发行　中国文联出版社有限公司
地　　址　北京市朝阳区农展馆南里 10 号　　邮编　100125
电　　话　010-85923025（发行部）　　85923091（总编室）
经　　销　全国新华书店等
印　　刷　三河市华东印刷有限公司

开　　本　710 毫米×1000 毫米　1/16
印　　张　14.5
字　　数　202 千字
版　　次　2023 年 3 月第 1 版第 2 次印刷
定　　价　78.00 元

目 录

津门艺苑古道情

不要认为我是个高傲的人，我从来不是的，至少，在弘一法师寺院围墙的外面，我是如此的谦卑。

——张爱玲

一

落木萧萧、黄叶飘飘。

秋色正浓的时节，我们来到了天津。

沿着海河蜿蜒曲折的路线，天津城区渐渐在眼前显现。北京、天津，这是两座姐妹城，历史上天津就是北京的卫城——“天津卫”，却有着截然不同的风格，皇城根儿下的建设者们将北京城区建设得方方正正，像中国方块字一样横平竖直，而天津因为没有大面积的开阔地段，只好沿着海河进行城区的建设和规划，道路自然也是曲曲折折。

天津是一座什么样的城市呢？说它旧，大街上时尚店铺林立，俨然一座现代化都城；说它新，它是一座已经有600年传统的老城，是中国唯一一个有确切建城时间的城；说它土，洋楼鳞次栉比、洋货市场热闹非凡，世界各国的物件，什么瑞士手表、德国军刀、意大利望远镜应有尽有，20世纪30年代入夜后的天津条条马路灯火通明，而那时的北京人晚上出门还要提个灯笼照路；说它洋，天津的老城厢、鼓楼、炮台、铃铛阁等都在默默告诉你它的过去和历史。

我最早熟悉天津应该是在历史教科书上的旧中国时期，天津成为洋人的租界地。今天一到天津，果然看到大街上西式小洋楼比比皆是，很多、很惹眼。

公交车上，打听路时，一位操着天津口音的本地人对我们说："你们是从北京来的？天津有什么好转的？我们正要去北京呢！"

或许旅行就是熟悉本地的人与另外一些熟悉本地的人交换去向，然后彼此寻找不熟悉的感觉。

翻飞的树叶落到脚边，落到河岸，落到街面上。早上出发时北京天空灰蒙蒙的，到了天津后天色竟然有所放晴，太阳露出了不大能察觉出来的微笑，仿佛迎接我们这些北京的亲戚。

在这个多愁善感的悲秋之际，在这个黄叶翻飞的日子里，在熙熙攘攘的大街上，我不由得想起一位天津人，他清瘦的脸庞总是在我的眼前闪现。

他是津门"桐达世家"的富公子；

他是浪漫风情的民国少年之一；

他是中国学术界公认的通才和奇才；

他是"一袭旧衲衣，一双破芒鞋，几册梵典，满怀清凉，飘飘而来，行走于尘世之中，弘法利生，救心济世"的半世僧……

他 1880 年 10 月 23 日出生，农历庚辰年九月二十日辰时，这一日的前日，正是民间传说的观音菩萨的诞辰。

他就是佛学界著名的弘一法师——就是李叔同（1880—1942），出生在天津，祖籍在浙江。李叔同在天津度过了他的青少年时期，那里有他玩耍的最好的伙伴、那里有他听戏的最好戏楼、那里有百戏云集的庙会、那里有"有求必应"的妈祖娘娘、那里有他享受过尽管短暂但无比怀念的父爱、享受过被人轻贱却给予他无私宽厚的母爱、那里他接受了中国传统文化的熏陶与洗礼、那里的私塾培养了他"二十文章惊海内"的才华……

李叔同，这位集诗、词、书、绘画、篆刻、音乐、戏剧、文学于一身，开创了中华灿烂文化艺术之先河的著名才子，他将人生悲欢离合和喜怒哀乐用艺术形式淋漓尽致地表达，却在人生的辉煌和鼎盛时期、在艺术造诣达到最高峰的时候，毅然决然出家皈依佛门，伴随着青灯与古寺，度过自己的余生。

“以生命见证生命，让灵魂皈依灵魂。”《李叔同：名如何爱如何生命该如何》马文戈著）

二

津门旧事中，有多少十里洋场的奢华繁荣……

津门故里中，又有多少人间戏剧天天上演……

天津北通关东，南通江浙，成为南北物品的集散地。到了天津，没有你买不到的东西，也没有卖不出去的货物，江浙商人运来了丝绸，东北客商运来了木材，闽广商人运来了蔗糖，外来的洋人贩来了大量的舶来品。老年间有“天津卫大街上淌白银”的说法，多少人梦想在到天津发财，又有多少人魂断津门。作为繁忙的水旱码头，人口的流动性比较大，那里，有着最苦、最累、最下层的穷人，拉洋车的、脚行工人、搬运货物的苦力、夜里站街的妓女，比比皆是。街头艺人，也就成为天津一大文化景观，只有在小曲儿小调中或者才能真正排解心中的烦忧，才能从起伏跌宕的人生中寻找生活的快乐、安慰和平衡。可以这么说，越是在劳苦人聚居的地方，越是说唱艺人演出的好地方。老天津卫，有种乞丐就是打着竹板挨门挨户向人们乞讨的，就是天津人说的数来宝，后来发展为天津的快板书。

从清朝中期起，天津的曲艺艺术就极为兴盛，并成为人们日常生活不可或缺的组成部分。古籍记载：“津门茶肆，每年年底新正，设杂要招徕生意，其名目有弦子书、大鼓书、京子弟、八角鼓、相声等类。”

天津孕育了艺术的摇篮，梨园行多年来有一句老话“北京学成，天津走红、上海赚包银”，因为徽班进京后，北京成了中国京剧艺术的基地，要想学戏，就必须到北京去拜师，进名班，这样才能学到真功夫，但是一个角儿在北京唱红了，还不行，那就像温室里养的花儿，没有经过风雨、见过世面。一个演员在北京学好戏之后，他就必得找一个刁钻的地方去考验一下自己，到什么地方去最好？那就是天津，只要一个演员在天津唱红了，他就能走遍天下不害怕。当今艺术家有许多都出生在天津，或者在天津开启了艺术人生，走上了艺术道路。

这是一个孕育艺术的故乡，李叔同就是在这种艺术氛围极其浓厚的地域来到了人间，出生在天津，同时也伴随着浓郁的宗教氛围。

李叔同故居距离海河只有三十几米，传说李叔同诞生之日，门外有喜鹊口衔松枝，飞入产房，将松枝安放于叔同之母床前，后欢叫一声飞去。此松枝被视作佛赐善根，李叔同的父亲李筱楼奉为吉兆，当下安排外出购鱼购鸟放生，消息传出，各方捕鱼者赶来，汇集李善人府门前，兜售鱼虾飞鸟，一时间，鱼虾入水，百鸟齐飞，场面颇为壮观。以后每逢 10 月 23 日，李家都要大举放生，成为津门一道善景。

李叔同出生在显赫的世家，祖辈经营盐业与银钱业，“桐达”是李家十分有名的钱铺之一，时人与后人便以“桐达世家”称为李氏家族。李家家境殷实富庶，权贵高朋满座，鼎盛倾城，富甲津门。可是，李叔同却是庶出，是父亲李筱楼在 68 岁时娶了 19 岁的丫鬟所生。这样的身世，在旧式大家庭里，无疑会低人一等。在他 5 岁的时候，父亲李筱楼在老和尚吟诵的《金刚经》中溘然长逝。李叔同和母亲的日子更为难过，遭到了歧视和鄙夷，天性敏慧的李叔同从小就看到了家族成员对他母子的偏见、傲慢甚至是侮辱，这样复杂的家庭背景，也造成他极其敏感、谨慎、小心的性格，甚至有时候执拗、倔强、压抑，也造成他同情弱者、悲天悯人、看淡一切、世事无常的性格。

佛说，世上一切皆因缘，或者缘起缘落，或者缘生缘灭。

李叔同在父亲去世的时候，听到学法上人口中念念有词的优美语言：

杜鹃叫落桃花月，血染枝头恨正长。
漠漠黄沙闻鬼哭，茫茫白骨少人收。
花正开时遭急雨，月当明处覆乌云。
长夜漫漫何时晓，幽关隐隐不知春。

这样的句子，无一不让人感叹人生世事的无依和无常，李叔同一定听出了其中的悲凉，所以，在父亲离世的时候，他哭得不多，不知是年幼天真，还是骨子里就看破了生死。父亲与佛结缘，安详而逝的画面像一幕电影，永久定格在李叔同的脑海里，多年之后难以磨灭。少年时代，李叔同经常和侄子辈们玩一种和尚游戏。李叔同自称“大和尚”，让侄子辈坐在地上当“小和尚”随其念经，那时的李叔同已经熟读了《心经》和《金刚经》，“一切有为法，如梦幻泡影，如露亦如电，应作如是观”。

或许，人生注定就是一场轮回。

少年的李叔同才思超人，天生聪慧，有过目不忘的本领。才十几岁，已经是诗词歌赋、书法篆刻、音乐绘画、歌唱表演等无所不通。这时候，饱读诗书的李叔同迷上了戏剧。

也许他就是为戏剧而生的。

这要从李叔同的母亲说起。失去庇护的李叔同母子，受尽了族人的鄙视和责难。虽然李叔同很有出息，但是不能从根本上改变对这对孤儿寡母的另眼相看。在极度压抑、郁结的情况下，他的母亲王凤玲迷上了戏园看戏。年幼的李叔同，便常被母亲领着一起到戏园子看戏，渐渐地他完全入戏了，戏台上的一颦一笑，一举一动，都左右着他的喜怒哀乐，看完戏后，他回到家，弄来一堆花布和颜料，常常在小朋友面前扮演戏中的人物，这个不到10岁的孩子，竟然连整折整折的戏文内容都记得清清楚楚。因为看戏，甚至有时候不去学堂上学。于是，风言风语开始在李家传开了，“你瞧这孩子，学什么不好，非要学戏子！”“有其母必有其子，你瞧他那做娘的，三天两头往戏园子跑，孩子不学坏才怪呢！”

尽管后来在母亲和族人的百般劝阻之下，李叔同不再迷恋戏剧，可是他的心已经留在了让他痴迷的舞台上了。

中国的话剧，或者说北方的话剧从天津开始，从李叔同开始。1906年，李叔同在留学日本期间与友人组织成立春柳社，第二年，春柳社演出法国名剧《茶花女》，李叔同饰演《茶花女》中的男主角，后来春柳社成员先后回国，其中一些人就在天津经常组织话剧演出，中国开始有了话剧艺术，从此也确立了天津作为中国话剧艺术发祥地的历史地位。天津的南开大学，就是一所话剧演出十分活跃的学校，周恩来考入南开学堂后也积极参加话剧演出。所以周恩来曾经说“你们将来如要编写《中国话剧史》，不要忘记天津的李叔同，即出家后的弘一法师。他是传播西洋绘画、音乐、戏剧到中国来的先驱”。

三

弘一法师——李叔同，我见过他的画像，既有在话剧《茶花女》中扮演主角儿英俊潇洒、风流倜傥的身影，又有出家后海青披身、佛珠垂胸、青丝落地、芒鞋赤脚那消瘦笔直的身影。

大师嘴角经常泛起的那一个窝可否是坚定信念的暗示？大师那经常微眯的双眼中可否有对红尘的眷恋？当繁华落尽、曲终人散后，留给李叔同的是一种怎样的寂寥和怅然，却又是怎样的安静超脱与怡然自乐。难道大师在儿时的时候，就看懂了天津城隍庙戏台上的楹联内涵？“善报恶报，循环果报，早报晚报，如何不报”“名场利场，无非戏场，上场下场，都在当场”，如此浇灌着他的慧根，培植着他的佛缘？

人生如戏，戏如人生。

李叔同童年时代，作为李家公子哥过着富贵繁华的生活；当他5岁时，父亲病逝，尽管生活依然富庶，但庶出的李叔同遭受着歧视和偏见；当他10岁那年，不可一世的洋人英国人戈登在天津建造了英国工部局大楼后，幼年的李叔同已经领教了“华人与狗不得入内”的鄙视；当他18岁那年，奉母成婚后，离开天津，前往上海，曾一度寄情烟花巷柳；当他25岁时，在一个桂花飘香的秋天，他东渡扶桑，漂洋过海，徜徉艺术殿堂，结识了日本雪子姑娘；当李叔同从日本回到天津时，天津俨然成为洋人的一片乐土，外国人在中国大地上耀武扬威的时候，李家经营的盐业却遭受巨大打击，百万财富几近于荡然无存。那年，李叔同31岁……

人生总是变幻无常的。清廷的命运，已经是朝不保夕。我们与生俱来的一除了赤裸的身子，别无长物。

人生的命运啊，谁能主宰？人生的道路啊，谁能重来？

这让我想起释迦牟尼，他曾经贵为一国王子，他幼年丧母，年少时便具有强烈的内省倾向和敏锐的感受力。年轻时，生活奢侈，极尽声色娱乐。后来释迦族不断受到强邻的侵略威胁，地位十分脆弱。最后他抛弃一切荣华富贵，出家后寻找人生真谛，终于修得正果，成为佛教的创始人。

或许，经历过才能悟透，拥有过才能放下。

1912年，32岁的李叔同在杭州浙江第一师范学校任教时期，开启了人生艺术的鼎盛时期，此时他的艺术造诣已经达到了辉煌时期。他培养了大批的优秀学生，比如音乐教育家刘质平；画家丰子恺、潘天寿；美术教育家吴梦菲、李鸿梁；文学家曹聚仁、蔡丐因。他曾经意气风发地说：“得天下英才而教育，是人生一件乐事。”另外他在歌曲、书法、金石、绘画方面的创作可谓是成绩斐然、绚烂无比。他的著名的《送别》就是这段时间创作的，曲子选用了美国的通俗歌曲作家奥德威所作的《梦见家和母亲》，歌词则采用了中国古典诗词中的传统的长亭饮酒、古道相送、折柳赠别、夕阳挥手、芳草离情等千百年来送别诗中常用的意象。

长亭外，古道边，芳草碧连天。

晚风拂柳笛声残，夕阳山外山。

天之涯，地之角，知交半零落。
人生难得是欢聚，唯有别离多。

长亭外，古道边，芳草碧连天。
问君此去几时还，来时莫徘徊。
天之涯，地之角，知交半零落。
一壶浊酒尽余欢，今宵别梦寒。

就在这个时候，李叔同决定出家修行、皈依佛门了。

丰子恺在《弘一法师的三层境界》（另题：《我与弘一法师》）中曾经说过：

我以为人的生活可以分作三层：一是物质生活；二是精神生活；三是灵魂生活。物质生活就是衣食。精神生活就是学术文艺。灵魂生活就是宗教。“人生”就是这样一个三层楼。懒得（或无力）走楼梯的，就住在第一层，即把物质生活弄得很好，锦衣肉食、尊荣富贵、孝子慈孙，这样就满足了。这也是一种人生观。抱这样的人生观的人，在世间占大多数。其次，高兴（或有力）走楼梯的，就爬上二层楼去玩玩，或者久居在这里头，这是专心学术文艺的人。这样的人，在世间也很多，即所谓“知识分子”“学者”“艺术家”。还有一种人，“人生欲”很强，脚力大，对二层楼还不满足，就再走楼梯，爬上三层楼去，这就是宗教徒了。他们做人很认真，满足了“物质欲”还不够，满足了“精神欲”还不够，必须探求人生的究竟。他们以为财产子孙都是身外之物，学术文艺都是暂时的美景，连自己的身体都是虚幻的存在。他们不肯做本能的奴隶，必须追究灵魂的来源，宇宙的根本，这才能满足他们的“人生欲”。这就是宗教徒。我们的弘一大师，是一层一层地走上去的……故我对于弘一大师的由艺术升华到宗教，一向认为是当然，毫不足怪。

大概丰子恺先生的阐述最能准确地概括出弘一法师出家的原因和动机了，不是坊间传说的其他什么原因，也不是不顾家庭、不顾子女、不顾一切做出的冲动和选择。他的思想已经超越了一般人的境界，他的爱是一种大爱，一种更高程度的爱，一种完全“无我”的爱，他也把自己奉献给了宗教事业。

走过了 37 年的绚烂生活，李叔同在 1918 年 2 月 25 日，正式皈依三宝。那一双倦翅终于可以栖息，那一颗道心终于凝虑，那一种绝学终于可以续脉。佛即是心心即是佛，行云流水，青灯古塔，在自己选定的道路上，弘一固执然而精锐地修行着。出家后的弘一法师，“以出世的精神做入世的事业”（朱光潜语），精研佛学，进行了大量的学律著述，“以律学名家，戒行精严，缁素皈仰，溥海同饮者，当推弘一大师为第一人”。（赵朴初语）

李叔同的生活，“像海上的浪、雪山上的峰，波谷深，波峰险，变幻奇诡，不变则已，一变便是脱胎换骨”。（《李叔同：名如何爱如何生命该如何》马文戈著）

四

漫步在天津古玩一条街上，沿街而望，卖玉器的、卖杂货的、卖古玩的摊位一个挨一个，人来人往，好不热闹。据说，这个地方就是当年天津最繁华的地段了。天后宫便在这条街最深处，相比而言，它静静地矗立在那里，“先有天后宫，后有天津城”，它修建于元代，千百年来，默默地保佑着这片富庶而多灾多难的津门大地。它与福建妈祖庙、台湾朝天宫并列为我国“三大妈祖庙”。在旧天津，农历三月二十三这天，是妈祖娘娘的生日，远近几百里的善男信女们，都来这里祈福，保佑家人出入平安。在这里，产生了天津最早的庙办小学堂，出现了天津最早的路灯，最早的戏台，产生了天津最早的金融街，这里，保留着老城最早的古建筑群，最早的建筑彩绘实画……想必当年李叔同经常到这条街玩耍、听戏、上学、闲逛，那天后宫高大的建筑、恢宏的气势、神秘的氛围、虔诚的叩拜，一定在李叔同心里留下了深深的烙印。这条街一定承载着他儿时最美好的记忆，最自由的心灵，只有在这条街上，才能真正获得心灵的宁静和安稳。因为，在他幼小的年龄里，他知道天后娘娘一定会给他带来吉祥如意，给他带来幸福，

给他带来失去父亲后难得的安全和庇护。这条街，融入了多少的感情、多少的希冀啊！街面上，天津三绝之一的“杨柳青年画世家会馆”——“大福堂”就是弘一法师亲自题写的匾额。

据史书记载，天后娘娘确有其人，叫林默，只活了 27 岁。据说，林默生而神异，擅游泳，勇敢侠义，能为人治病，救助海上遇险船只，被众人尊称为“神女”，传说她死后还屡次显灵。想象茫茫的大海中，风雨晦暝，夜黑如墨，船只随波逐流，那是多么惊恐、害怕与无奈。当望见神灯照耀的一刹那，当有神女保佑帮助时，人们一定心怀感恩，泪涕齐下。当然护航女人林默也就成了人们敬仰膜拜的护航女神娘娘，人即成了神。

看见天后娘娘，我忽然想起一个人，一个被人们称之为“神的女人”，她就是特蕾莎修女，人们心目中永远的女神。她出生在前南斯拉夫，从 12 岁起，直

到 87 岁去世，把一生都奉献给了穷人、病人、孤儿。因其一生致力于解除贫困与隔阂，于 1979 年获得“诺贝尔和平奖”。她用博爱的精神唤起沉睡麻木的人们，她身上承载着个体已经完全抛开了“本我”的含义，她是“超我”在行动，在呐喊，她超越了生死，超越了国界，具备了神性的光辉和力量。她是全世界人民心目中的“长明灯”，是 20 世纪最伟大的女性。

真正的宗教，都是教人们去恶向善的，教人敞开自己的心灵，以平等和慈爱的心情去善待他人，善待世界，善待一切的一，一切的切。天宫院的天后娘娘是中国道教文化，特蕾莎修女是基督教文化，弘一法师宣扬的是佛教文化，他们都有一个特点就是“爱”、是“奉献”、是“慈悲”。

贯穿李叔同一生的大爱就是爱一“爱国、爱家、爱人、爱动物”。

李叔同在南洋公学的时候，立志通过法制实现强国之梦，他研读并翻译了日本的法学著述《法学门径书》《国际私法》等，在当时产生了很大的影响，成为将西方近现代法律思想传播到中国的先驱者之一。

在上海时，李叔同加入了“兴国强学”为宗旨的“沪学会”，在沪学会中主持演剧部活动，并创作了《祖国颂》：“上下数千年，一脉延，文明莫与肩。纵横数万里，膏腴地，独享天然利……国是世界最古国，民是亚洲大国民……谁与我仗剑挥刀？”歌词中充满了强烈的爱国热忱，一经传唱，立即成为风靡一时的流行歌曲。

东渡扶桑时，李叔同希望学习日本先进的政治、经济、文化，振兴祖国，来拯救摇摇欲坠的大清国。他在日本创作的歌曲《我的国》，“昆仑峰，飘渺千寻耸。明月天心，众星环拱。五洲惟我中央中……我的国，我的国万岁，万岁万万岁”，就是希望祖国强大，一番苦心，可歌可泣、可赞可叹。

1937 年 4 月，国难即将来临，李叔同已经皈依法门。但是他为厦门市举办第一届运动会写了会歌：“天山苍苍，鹭水荡荡，国旗遍飘扬。健儿身手，各献所长，大家图自强。……请大家，在领袖领导之下，把国事担当。到那时。饮黄龙，为民族争光。”这歌词早已经不再是运动会会歌，分明是一首激励健儿报国杀敌的军歌！

1937年7月7日，卢沟桥事变，抗日战争全面爆发。弘一法师此时常在湛山寺，告诫：“佛门忌杀，但惟抗日救国，应当不惜死！抵抗日寇为救同胞，是大仁大勇行为，杀日寇是灭魔，与佛法不违背。救国不忘念佛，念佛不忘救国！”为弘法利国，为坚心志，弘一法师在居室题写了“殉教堂”横额，以表达时刻准备以身殉国之情。在泉州，日寇飞机不断前来狂轰滥炸，他号召众僧“爱国之心，当不后人”，倡议组建晋江县佛教战时救护队，为抗日做出应有的贡献。

1938年，正是抗日战争艰难的时期，悲观情绪弥漫在许多人的心头，弘一法师为画家李明信书写横幅“最后之胜利”，鼓舞国人，他用一双慧眼，看清日本必败、中华必胜的曙光。法师在这个时期，以弘法来坚定人们对未来的信心，

法师爱国、爱人，对自己却很苛责，总是在完美中寻找不足之处，他总说自己孽障深重，经常忏悔。但是他对待别人却是非常柔软、非常善良。刘质平是近代中国著名的音乐教育家，他与李叔同“名虽师生，情同父子”，刘质平到日本留学后的第二年，经费发生困难，烦恼之余甚至想自杀。李叔同得知情况后，从自己的月薪中拿出五分之一供他做学费，当时李叔同每月的薪水只有105元，是他当时全部的经济来源，天津与上海两地的家人皆有赖于此，他将薪水做了安排，上海家用40元，天津家用25元，挤出20元来资助刘质平，与他自己每月的全部费用相同。为提供这份无偿资助，李叔同在信中还明言三点：一是这是基于师生情谊的馈赠，并非贷款，将来不必偿还；二是不得将赠款之事告知第三者，即便是对刘质平自己的家人，也万不可提及；三是赠款期限以刘质平毕业为准。

不仅是刘质平，包括丰子恺等其他人，李叔同也给予最大的帮助和鼓励。尤其是丰子恺，在艺术启蒙、人生教诲和佛学精神上，都受到了恩师李叔同很大的教诲和影响。

当一个人舍弃了自我，舍弃了小家，他的胸怀里蕴藏着的是大我，

他已经超越了个人的儿女情长，已经将自我融入整个世界中、宇宙中。所以李叔同对待结发妻子、儿子和日本女人雪子的态度，我们也能够理解，他已将众生都视为平等，视为亲人，已经不再有分别心、执我心，因此，也不再有“我的妻子”或者“我的孩子”的概念，天下所有的人都是自己的亲人。

于是，就出现这样的一幕：

雪子在李叔同出家后回到日本，几年后又重返中国，她希望最后一次见到他，于是，在朋友的帮助下，一个雨意浓浓的阴天，他们相约于西湖边上。

她唤她：“叔同—”

他回她：“请叫我弘一。”

她强忍着满眶的泪：“弘一法师，请告诉我，什么是爱？”

他轻描淡写地回应道：“爱，就是慈悲。”

……

正如李叔同在准备出家时写给雪子的信中这样说：“这在我，并非寡情绝义——人同此心，心同此理，唯一的不同，我为了那更永远、更艰难的佛道历程，我不仅放下了你，雪子！我也放下了世间的一切已享有的名誉，艺术的成就，遗产的继承。”

马文戈在《李叔同：名如何爱如何生命该如何》中写道：“当满头的青丝坠落，他从荣华富贵中抽身而去，俗世所有的绚烂都化成了脱俗后的平淡，而他对她的小爱，也必将从此转变成对天下苍生的大爱。”

弘一法师的心柔软得连小虫子、小蚂蚁都不忍心伤害。他每次坐椅子之前都要先摇晃几下，他怕压住椅子上藤条缝隙间的小虫子。

1942年，弘一法师在弥留之际，写下了一段话：

去时将常用之小碗四个带去，填龛四脚，盛满以水，以免蚂蚁嗅味走上，致焚化时损害蚂蚁生命，应须谨慎。再则，既送化身窑后，汝须逐日将填龛小碗之水加满，为恐水干后，又引起蚂蚁嗅味上来故。

大师交代得如此细致入微，其菩萨心肠，众僧无不感动。

弘一法师的一生，已故佛教协会主席赵朴初居士有诗赞道：

深悲早现茶花女，
胜愿终成苦行僧。
无尽奇珍供世眼，
一轮圆月耀天心。

五

当京津“和谐号”城际快轨呼啸而过的时候，天津已经渐行渐远。再回首的刹那，津门笼罩在夜色当中，川流不息的人群和车辆沿着海河的走向蜿蜒而行，风格不一的中西合璧建筑也渐渐隐在晚霞余晖里，朦朦胧胧。曾经的暗淡或辉煌，曾经的血雨或战火，曾经的迷茫或顿悟，曾经的绚烂或寂寞，都随着夜色的到来而沉寂、随着海风的吹拂而弥散、随着天津快板儿的节奏而飘逝。

但是，一袭旧衲、瘦影飘逸、遗世独立的一个身影仿佛依然在眼前，耳边，传来了一声声吟唱：

长亭外，古道边，芳草碧连天。
晚风拂柳笛声残，夕阳山外山。

天之涯，地之角，知交半零落。
一壶浊酒尽余欢，今宵别梦寒。

苦中有乐亦深情

一

唐肃宗乾元二年（759）十二月，只见秦岭上一条入蜀的道路中，走着一家妻儿老小。中年男子已经年近半百，“白头乱发垂过耳”，消瘦疲惫，骑着萧萧哀鸣的疲马，奔波在高山峻岭中，怆然地走进蜀地。漫漫征途，道路险阻，一面是陡峭的绝壁，如云的高山，一面是万丈的深渊，奔腾的江流，稍有不慎，就有可能坠入深谷。甚至有时候，为了赶路，在夜色中茫茫前行，尽管已经是隆冬季节，却因为又累又怕，男子早已经是大汗淋漓了……

“蜀道难，难于上青天”，写下这句话的人是诗人李白，他其实当年是送友人入蜀、完全靠着想象力来描写蜀道险要奇绝的，而今天真正走在“难于上青天”蜀道上的男子，却是经历了艰难险阻路途之遥的杜甫（712—770）。

从四川成都回来，一直没有动笔，想写写杜甫，写写草堂，却不知从何说起。但草堂在我心中从未淡去，那片荡漾的浣花溪水粼粼波光闪耀，那片茅草屋的房顶悠悠荒草覆盖，与那间“诗圣著千秋陈列馆”里中国历史上伟大的诗篇一起诵读，居然发现自己也能那么优雅，也能那么铿锵，也能那么华丽，也能那么飞扬，也能与山水同乐，也能与日月同欢。

我不想不写，不愿不写，不得不写，不能不写……

二

唐代是一个诗的时代，唐代的富庶和发达、唐代的包容和融合，足以让唐代文采飞扬、诗坛绚烂，从初唐四杰，到盛唐李白、杜甫，再到中唐白居易、柳宗元，一直到晚唐李商隐、杜牧。

说到唐代诗人，不得不说的三个伟大诗人的会面，那就是李白、杜甫和高适。三人聚会时，正值唐朝的辉煌年代，海内升平、社会富庶，文人漫游山川，思想活跃。那是在744年初夏，32岁的杜甫、43岁的李白首先在洛阳聚会了，这两个唐代最伟大诗人的聚会与此后结成的友情成为中国文学史上的佳话。当时的李白得罪了高力士和杨贵妃后，被唐玄宗刚刚打发离开了长安。李、杜见面后，文人的那种豪情极大爆发，尤其杜甫受李白影响很深，李白那时已经游览了大江大河，完成了不少名篇，杜甫被李白的风采吸引，崇敬之情无法言表，简直崇拜至极，他跟随着李白求仙访道。他们渡过黄河，同游山西和河南。当年秋季，二人又与高适会面，高适与杜甫之前已经见过面，比杜甫大八岁，当年40岁，已经官任刺史。高适一生曾写下许多侠肝义胆、大漠孤烟的边塞风云诗篇，我们熟知的“莫愁前路无知己，天下谁人不识君”就是他在747年写的《别董大》。这三个同时期的诗人在山东和梁山一带，时而畅谈痛饮、时而登高求仙、时而呼鹰逐兔、时而郊游狩猎，可想而知，三个正值壮年、有思想、有才情、有抱负的诗人意气风发，他们以诗为剑，化剑为笔，指点江山，气贯长虹，度过怎样一个浪漫有趣而又放荡惬意的秋天。

三人分手后，后来李白与杜甫又见了一次面，友情增进了一步。海阔天空的李白在浪迹天涯的生命中抒写了潇洒空灵的人生诗篇，但平生也只写过了一首诗给杜甫，“何时石门路，重有金樽开？”（李白《鲁郡东石门送杜二甫》），之后，杜甫的名字再也没有出现在李白的诗里，这两位诗人的金樽再也没有开启。而性格内敛拘谨、平实厚朴、一往情深的杜甫对李白却是念念不忘，杜甫在《饮中八仙歌中》大赞特赞李白“李白斗酒诗百篇，长安市上酒家眠。天子呼来不上船。自称臣是酒中仙”。李白遭受李璘之祸后，杜甫说“不见李生久，佯狂真可哀。世人皆欲杀，吾意独怜才”，赞李白“白也诗无敌”“笔落惊风雨，诗成泣鬼神”。

历来总有人对李白与杜甫的友情议论纷纷，认为杜甫写过许多怀念李白的诗，而李白则写得很少。对于这一点，余秋雨先生描述得非常准确，他说两人毕竟是相当不同的两种人，他们的关系“就像大鹏和鸿雁相遇，一时间巨翅翻舞，山川共仰。但在它们分别之后，鸿雁不断地为这次相遇高鸣低吟，而大鹏则已经悠游于南溟北海，无牵无爱。差异如此之大，但它们都是长空伟翼、九天骄影”。（《唐诗几男子》）

而杜甫与高适在以后的岁月中，更是结下了难舍难分的情谊，杜甫在草堂日子艰难的时候，高适给予了很大的帮助，杜甫曾写诗一首“百年已过半，秋至转饥寒。为问彭州牧，何时救急难？”当时高适任彭州刺史，杜甫直接喊着说：“唉，彭州牧，你什么时候来救济我呀！”可见二人关系非同一般。后来高适任命为蜀州刺史，杜甫邀请好友到草堂做客叙旧，喝到高兴的时候，杜甫又开起了高适的玩笑（“移樽劝山简，白头恐风寒”）。杜甫向老朋友开玩笑说，自己没有好菜招待客人，只好劝高适多喝酒，因为他头发花白稀疏，而酒可以抵御风寒。两个暮年之人，像两个老伙计，互相开玩笑劝酒，不是一般友谊能做到的。

或许性格就是命运，杜甫的命运也没有像李白那样的浪漫豪放，挥洒自如，走到哪里都是佩剑求仙，意气风发，轻松潇洒，其诗风“浪漫奇崛”，也没有像高适那样，真正带兵打仗，走上了军旅之路，成为一名“边塞诗人”。更重要的是杜甫生活的年代主要在安史之乱之后，那些散发出伟大光芒的诗作也大部分写于安史之乱之后，战火四起，民不聊生，朝廷政治腐败，统治者荒淫无耻，出生优越、家境殷实的杜甫也不再衣食无忧，他完全没有了年轻时“放荡齐赵间，裘马颇清狂”的性格，也没有“会当凌绝顶，一览众山小”的自信与豪迈，而完全被“不眠忧战伐，无力正乾坤”代替。他为了一家老小温饱，不得不四处奔波，寄人篱下，缺衣少吃。他似乎总是那么愁苦，总是那么寂寥，总是那么忧郁，总是那么伤心，清瘦的面容，孱弱的身躯，眉头紧锁，哀叹不已，心里想的是民生，是百姓，是天下叹民生之多艰难，是“三吏三别”，诗风“沉郁顿挫”。“时代造就诗人”，李白成名的诗作大部分写于安史之乱之前，而杜甫的代表作大部分是在安史之乱后写的，在中国诗坛上，他的诗歌像一部恢宏的历史，散发着现实主义的光芒。他的诗没有李白的飘逸，没有陶渊明的超脱，没有苏东坡的旷达，没有王维的空灵，他像是一个独行侠，落落寡欢，孤独而执着地反映着百姓的境遇，忧国忧民。他大半生都要靠朋友接济，甚至连自己的孩子的性命都无法保全，幼子被活活饿死。而自己也于59岁那年，在一个风雨交加的夜晚，长眠在湘江耒阳段的一条破船上。

对于杜甫来说，关注社稷民生，他有这样的家族基因，也有这样的社会责任，因为其祖上就是朝廷的大臣，他终身“奉儒守官”也是顺理成章。杜甫远祖杜预是晋代名将，杜甫是杜预的第十三代孙，祖父杜审言是当时著名的诗人，与陈子昂齐名，杜甫本人也以“吾祖诗冠古”自傲。杜甫也曾积极入仕，他自比稷与契，要“致君尧舜上再使风俗淳”，“立登要路津”，他想当官，辅佐君王，无奈生不逢时，官运不佳。他曾两度应试，皆不第，三次向唐肃宗献赋，无果。安史之乱前，已经44岁的杜甫只得了个管兵甲器仗门禁钥匙的管理员，战乱爆发后，他从长安逃出，奔赴陕西凤翔，谒见天子。后来唐肃宗鉴于他“麻鞋见天子，衣袖露两肘”的一片忠心，才命他做了个左拾遗，就是皇帝身边的谏官。或许他骨子里的文人气息告诉他，不适合当官。

隋唐文人算是很幸运的一代文人了，经过科举制度的选拔，不管什么出身，只要有治国之术，定国之才，就可以从政，施展自己的才华，“学而优则仕”，但文人当官也有许多弊端，真正成就伟业的并不多，像张九龄这样的文人做到宰相，那就是最成功的了。文人爱指点江山，以建立盖世功业自命，他们充满理想却又缺少判断力，他们知道人格的平等因此不会奴颜婢膝，他们容易相信别人因此从不设防，他们直白率性的品格、善良天真的文人气质与政治也格格不入。从事政治的人，则需要谋略，需要计策，有时候甚至需要狠心，需要应变的能力，所以政治家进退自如，关键时刻权衡利弊，甚至“丢卒保车”，而文人感情用事，想法单一，优柔寡断，遇到复杂的局面，往往手足无措。李白受李璘事件牵连，稀里糊涂成了“叛贼”，锒铛入狱；而杜甫也是因为不懂政事，自以为是左拾遗，是皇帝身边的谏臣，有责任、有义务进谏，于是上书营救房琯，触怒肃宗，结果被归类为“房党”，问罪被贬；苏东坡更是因为“乌台诗案”，被一贬再贬。

我想文人虽然在生活上是贫穷的，但是他们的精神是丰富的，是健全的，是完整的，他们的心灵是明媚的，是阳光的。他们为了理想，不为五斗米折腰，不愿与群小同流合污，“安能摧眉折腰事权贵，使我不得开心颜”“相看两不厌，只有敬亭山”。屈原、陶渊明、李白、杜甫、王维、孟浩然、苏东坡等等，无一不是这样。也幸亏他们没有在政治投入更大的精力，取得更大的功名，否则中国文学史上少了几多光芒四射的明星、少了几多流传千古的动人诗篇，那才是中国文坛永远的遗憾！

三

望着“杜甫草堂”四个字的时候，心里有一阵莫名的激动，这个地方是我来成都之前想好一定要来看看的地方，五六天的行程，尽管很紧张，但是我必须要去的地方就是“杜甫草堂”，我多么想看看他当年是怎样一种生活状态、怎样一种生存环境。我希望走进他的草堂，走进他的内心，走进他的诗里。在杜甫一生 59 年中，四川生活了将近 10 年，这 10 年是他重要的 10 年，流传至今的杜诗有 1400 余首，其中有 800 多首写于四川。这些诗歌不仅数量多，而且质量高，尤其在草堂中居住的四年中，写下了 240 余首诗，更是达到了一个创作上的高峰。研究杜甫的中国著名学者冯至曾说“人们提到杜甫时尽可以忽略了杜甫的生地和死地，却总忘不了成都的草堂”。

静静的风，温柔的水，一切都是那么惬意和美好。不干不燥的人间四月天，我随着这样的光，这样的风，这样的清爽，走在杜甫草堂的小径上。我在寻找杜甫，寻找一种情怀，一种悲天悯人的情怀，一种忧国忧民的情怀。

杜甫草堂坐落在四川成都西南部，他的诗“万里桥西一草堂，百花潭水即沧浪”（《狂夫》）中提到的便是成都草堂。

有人说，苦难成就了诗人，这话不假。因为“房党”一事被牵连，官职被贬，杜甫已经不像年轻时候有那么远大的政治理想，再加上安史之乱给诗人带来了前所未有的困难，中原大地战火连天，民不聊生，而川蜀之地相比而言还比较安定，北方人士纷纷入蜀避乱。于是杜甫“季冬携童稚，辛苦赴蜀门”。

尽管艰难险阻让杜甫哀叹不已，“山行有常程，中夜尚未安。微月没已久，崖倾路何难”，但是四川的自然风光还是令人兴奋的，“五盘虽云险，山色佳有余”“蜀道多早花，江间饶奇石”，历经磨难的杜甫终于可以在此处歇歇脚了。再说，成都是历史名城，刘备在这里建都，三分天下有其一，成都又是一座文化名城，相继出现过司马相如、扬雄这样的声名显赫的文豪，这里还是一片富饶之地，唐代有句俗话叫“扬一益二”，“扬”指的是扬州，“益”是成都，意思是在长安、洛阳以外，繁荣的城市除去扬州就算成都了。

杜甫 759 年冬天 12 月底入蜀，第二年即 760 年年初，便开始了真正的在四川生活。初到成都时，他寄居在西门外的浣花溪畔的一个寺庙里，后来，他便开始在城西七里的浣花溪畔，找到一块空地，先开辟了一亩地大的地方，然后在一棵相传200年的高大的楠木下建筑起一座并不十分坚固的茅屋，这就是后来著名的“杜甫草堂”。接着，他用大量精力开始经营他的草堂了。

离开了官场，离开了战乱之地，没有尔虞我诈，没有战火连天，仿佛当年李白被赦免后脱口而出的“朝辞白帝彩云间，千里江陵一日还。两岸猿声啼不住，轻舟已过万重山”那种畅快和愉悦，也让我想起了陶渊明辞官回乡“归去来兮，田园将芜胡不归？”“农人告余以春及，将有事于西畴。或命巾车，或棹孤舟。既窈窕以寻壑，亦崎岖而经丘。木欣欣以向荣，泉涓涓而始流”。杜甫一到这里，便激发出来诗人失落已久、热爱生活的热情！

一个人只有在大自然中才会得到最大的放松和愉悦，平实的杜甫终于可以在这里找到心中的理想之地了，眼前只有蜻蜓上下，濯鹈沉浮，水上有圆荷小叶，田间有细麦轻花，他再也不愿意漂泊流离了，他要好好经营这个得来不易的落脚之处，种树种草种花，拓荒开地耕田。

为了经营草堂，杜甫向老朋友们求助，他向萧实觅桃树秧：“奉

乞桃栽一百根，春前为送浣花村”；他向韦续觅绵竹：“华轩蔼蔼他年到，绵竹亭亭山县高”；他向何邑觅桤木：“草堂堑西无树林，非子谁复见幽心。饱闻桤木三年大，与致溪边十亩阴”；他向韦班觅松树：“落落出群非榉柳，青青不朽岂杨梅？欲存老盖千年意，为觅霜根数寸栽”。松树在成都平原很少，不易栽活，长得又慢，杜甫在草堂只栽活了四株，他以后漫游川北时还念念不忘这四株松树，“尚念四小松，蔓草易拘缠”“新松恨不高千尺，恶竹应须斩万竿”“四松初移时，大抵三尺强。别来忽三载，离立如人长”，可见杜甫对松树的感情很深。此外，杜甫还亲自到石笋街寻找果树秧。“草堂少花今预栽，不问绿李与黄梅。石笋街中却归去，果园坊里为求来。”

草堂建起来了，日子过起来了，人气人气，有人就有生气，有生机，树木花草茂盛，溪水清凉荡漾，邻居热情善良，柴犬活泼可爱。当时四川还未受到安史之乱的影响，相比而言还比较安定，比较清静，比较富饶，杜甫在经过了五年战乱、千里奔波之后，终于可以暂时喘一口气了，草堂又激发了诗人热爱生活、拥抱自然的善良天性和对美好生活、安定环境的向往和追求。

四

杜甫在草堂是“苦中有乐亦深情”，一些事、一些情怀，总会在寂寞悲苦的生命中，激起一朵柔美的浪花，荡起欢欣的胸怀。

且看他的乐……

一场久违的春雨也会激起他心中的诗意：

好雨知时节，当春乃发生。
随风潜入夜，润物细无声。
野径云俱黑，江船火独明。
晓看红湿处，花重锦官城。

——《春夜喜雨》

春天是希望，春天的雨更是滋润万物生长的自然之灵，杜甫的心，恐怕也随着这一场柔曼的雨温暖了许多吧！

“有朋自远方来，不亦乐乎”，庆幸的是在这春暖花开的时日，还能与朋友把酒言欢，“舍南舍北皆春水，但见群鸥日日来。花径不曾缘客扫，蓬门今始为君开。盘飧市远无兼味，樽酒家贫只旧醅。肯与邻翁相对饮，隔篱呼取尽余杯”。

置一桌酒菜，不求佳肴美味，只是粗茶淡饭。饮罢美酒，闲话家常，这一刻啊，心中的快乐便是归处。

景物的乐、宾客的乐，对于一个天生性格上就敏感多情、多愁善感的诗人来说是多么欣喜和愉悦啊！

走在草堂里，我也已经被杜甫的欢愉、喜悦和欢乐感染，自门前、沿小路、在江畔独自漫步，寻一丛繁花的芳踪，觅一树松子的香气，掬一口浣花溪水的甘甜，望一只新燕的巢穴，懂事的阿狗前后相随，善良的邻居左右帮衬，此时此刻，杜甫似乎已经忘记了战火、忘记了硝烟，大有一种“世外桃源”的感觉。“背郭堂成荫白茅，缘江路熟俯青郊。桤林碍日吟风叶，笼竹和烟滴露梢。暂止飞乌将数子，频来语燕定新巢。旁人错比扬雄宅，懒惰无心作《解嘲》。”（《堂成》）

草堂简直是杜甫的得意之作，他不用辩解，他也不用与扬雄比较，这里就是他心中的“草玄堂”，喜悦之情溢于言表。

“黄四娘家花满蹊，千朵万朵压枝低”“桃花一簇开无主，可爱深红爱浅红？”“细雨鱼儿出，微风燕子斜”“榉柳枝枝弱，枇杷树树香”，“两个黄鹂鸣翠柳，一行白鹭上青天。窗含西岭千秋雪，门泊东吴万里船”。这真是“一曲曲田园生活交响乐，一幅幅虫鱼花鸟争春图”（《杜甫在四川》曾枣庄著），每每读来，心旷神怡，神清气爽，心花怒放，不亦快哉！

尤其当杜甫听到长达八年的安史之乱终于平定的消息后，以为河山收复可以归故还乡了，他不禁欣喜若狂，泪洒一把诗酒歌，写出了生平第一首“快诗”。

剑外忽传收蓟北，初闻涕泪满衣裳。
却看妻子愁何在，漫卷诗书喜欲狂。
白日放歌须纵酒，青春作伴好还乡。
即从巴峡穿巫峡，便下襄阳向洛阳。
——《闻官军收河南河北》

尽管这首诗不是在成都草堂写的，而是在四川的梓州，但是也可以看到杜甫在当时的快意与欢乐，这种乐不仅仅是自家的乐，更是一种为国家的稳定、百姓的安宁而发自肺腑的欢欣。诗中的快乐一笔荡开，让人无不称妙！

当然在草堂，有生活暂时稳定的欢乐，更多的是愁苦和穷困，毕竟自己年近百半，流离失所，漂泊浮生，仰人资助，所以杜甫在草堂创作的诗歌中也写了苦……

“强将笑语供主人，悲见生涯百忧集。入门依旧四壁空，老妻睹我颜色同。痴儿未知父子礼，叫怒索饭啼门东。”痴儿幼稚无知，饥肠辘辘，对着东边的厨门，啼叫发怒要饭吃，没有生活实感的人是写不出这样的诗句的，生活之苦；“到今不知白骨处，部曲有去皆无归”，猛士空悲，冤魂夜哭，一派凄凉，战争之苦；“但逢新人民，未卜见故乡。大江东流去，游子日月长”，从到四川的第一天他就遥望故乡，从来没有放弃过顺江东下的念头，思乡之苦。

更著名的是这首，如黄钟大吕，敲响了沉郁顿挫的夜空：

八月秋高风怒号，卷我屋上三重茅。茅飞渡江洒江郊，高者挂罥长林梢，下者飘转沉塘坳。南村群童欺我老无力，忍能对面为盗贼。公然抱茅入竹去，唇焦口燥呼不得，归来倚杖自叹息。

俄顷风定云墨色，秋天漠漠向昏黑。布衾多年冷似铁，娇儿恶卧踏里裂。床头屋漏无干处，雨脚如麻未断绝。自经丧乱少睡眠，长夜沾湿何由彻！

安得广厦千万间，大庇天下寒士俱欢颜，风雨不动安如山。呜呼！

何时眼前突兀见此屋，吾庐独破受冻死亦足！

——《茅屋为秋风所破歌》

如果要说“一首诗成就一个诗人”也不足为过，“君不见黄河之水天上来，奔流到海不复回”就是李白，“轻轻的我走了，正如我轻轻的来……我挥一挥衣袖，不带走一片云彩”就是徐志摩，“大江东去，浪淘尽，千古风流人物”就是苏东坡，“天空没有留下翅膀的痕迹，但我已飞过”就是泰戈尔，而“朱门酒肉臭，路有冻死骨”“安得广厦千万间，大庇天下寒士俱欢颜，风雨不动安如山”就是杜甫。一个情牵社稷的杜甫、一个魂牵百姓的杜甫、一个沉郁顿挫的杜甫、一个多愁善感的杜甫、一个瘦弱多病的杜甫、一个焦虑悲苦的杜甫、一个穷困潦倒的杜甫、一个忧国忧民的杜甫。

草堂成就了杜甫，杜甫成就了草堂。我想正是这种忧国忧民的爱国主义的风格和他一贯的民本思想，使他在中国文学史上称为一代诗圣，与李白齐名，“李杜文章在，光焰万丈长”（韩愈语）、“世上疮痍，诗中圣哲，民间疾苦，笔底波澜”（草堂对联，郭沫若语）。

他是那么善良，别人对他的一丁点好处他都记在心里，感激万分，称之为“贵人”，“计拙无衣食，穷途仗友生”；

他是那么细腻，人世间一切感情、一切体会，他都能设身处地、咀嚼同情；

他是那么单纯，与他交往的人，他都真情以对，掏心掏肺；

他是那么率真，大自然的一切美好事物景物，他都歌以咏之。

他爱憎分明，对于统治者的荒淫无耻，他愤怒至极，喊出了“朱门酒肉臭，路有冻死骨”的千古绝唱，对于爱他的人，尤其听到朋友去世的消息，他哭泣哀悼。当听到好友高适去世后，他写下了“今晨散帙眼忽开，迸泪幽吟事如昨”，老泪纵横。

“人世对他，那么冷酷，那么吝啬，那么荒凉；而他对人世却完全相反，竟是那么热情，那么慷慨，那么丰美。这就是杜甫。”（《唐诗几男子》余秋雨著）

五

现在草堂占地面积近300亩，经过后人的修理和规划，已经成为成都著名的景区和标志，草长莺飞，花枝满树，竹林成趣，水榭盈盈。当年杜甫是怎样亲自耕耘这片难得的栖身之所啊，草堂的树木依然葱茏茂盛，草堂的浣花溪水依然清澈流淌，虽然不曾看见杜甫曾经亲手植下的楠木，那棵曾经让他兴奋又因为大风刮断的楠木，后人按照杜甫对草堂的记录又重新种植的几株高大的楠木，为草堂增添了无限的生机和活力。天空依然是那片天空，草堂依然是那片草堂，微风依然轻轻抚摸着脸庞，而主人已经不再是旧主。一切都交给了滔滔的时间、悠悠的历史、渺渺的烟云，还有那高楠香樟、秋桂冬梅、苍松翠竹。

杜甫，“生前寂寞身后名”，一生“斯人独憔悴”，但是，历史终究还给诗人一个公正的地位，每年的农历正月初七，被称为“草堂人日”。成都市民都会一大早走出家门，或携妻将子，或呼朋引伴，乐滋滋地前往西郊杜甫草堂，参加一年一度的传统民俗——“人日游草堂”活动，人们吟唱杜诗，赏梅祈福。尽管“人日”在中国已经有2000年的历史，但是，在中国，只有成都杜甫草堂的“人日”成为重要的祭祀活动。自宋以来，每年这天文人墨客纷纷来到草堂祭拜诗圣杜甫，延续到明清这一祭祀活动流传更广。杜甫活着的时候感叹道“百年歌自苦，未见有知音”，但是，他在人们心中从未离去，他的诗在中华诗坛上熠熠生辉。台湾诗人洛夫参观杜甫草堂后曾写道：“诗人，仍青铜般醒着。”

晚唐时期，草堂的浣花溪水又孕育了一个别致独特的女子，这就是乐伎薛涛（约 768—832），她的才气、灵气和名气在唐代众多男子诗人中被传唱，被倾倒、被议论。相传薛涛用成都浣花溪水来制作信笺，并将信笺染成深红、粉红、杏红等十种不同的颜色，叫作“十样变笺”，这不是普通的信笺，而是专门的诗笺，被称为“薛涛笺”。薛涛便用这些信笺与当时著名的文人元稹、白居易、杜牧、刘禹锡等人唱和。蕴含女性特有的美妙才思，红色的“薛涛笺”配上以薛涛俊逸的行书书写的清雅脱俗的薛涛诗，一时间广为风行，成了文人雅士收藏的珍品。唐代诗人李商隐曾写道：“浣花笺纸桃花色，好好题诗咏玉钩。”

杜甫大概没有想到，浣花溪水又一次明媚了中国诗坛上一个女性诗人，浣花溪畔也因为这个才貌双全、身份特别的女诗人又热闹起来了，尤其她与元稹的爱情轰轰烈烈，备受关注。不过，短暂的热闹终究没能长久，薛涛也没能最后等到她喜欢的人回来。人生垂暮，薛涛逐渐厌倦了世间的繁华与喧嚣，脱下了亮丽的红色衣服，换成一袭灰色道袍，她搬离了人来人往、车水马龙的浣花溪，在成都另外一个地方筑起了一座吟诗楼，独自度过了最后的时光。

漫步在杜甫草堂里，徜徉在花径中，阳光刚好垂落下来，透过树荫，照射在红墙灰瓦上，悠悠的思绪荡漾开来。浣花溪畔，那粼粼的水波，畅游的鱼儿，轻柔的杨柳，飞舞的蜻蜓，在穿越千年的时光缝隙中吟唱，幽静雅致的花径仿佛延伸了岁月的脚步，走过了杜甫，走过了薛涛，走过了一个又一个寻找内心真谛的身影……

花径不曾缘客扫，
蓬门今始为君开。

——杜甫《客至》

2017 年 5 月 31 日

那片明媚而又苍凉的海域

这是中国地图板块上一个非常特殊的区域，仿佛一只龟静静爬在中国的最南部，拖着沉重的盔甲。这里曾经风高浪急、风涛险恶，方圆百里荒无人烟，此处，曾是中国历史上官员遭朝廷流放贬谪的四大流放地之一，这四个地方分别是云南的大理、黑龙江的宁古塔、新疆的伊犁以及海南岛。尤其是海南岛，在交通十分落后的古代，水急浪高的琼州海峡是人们心中最后一道不可逾越的天然屏障，被称为“域外”，朝廷的当权者也因此把流放到海南岛作为除了杀头之外最严厉的流放等级。唐宋时期，被贬谪到这里的官员共有 45 人，其中“五公”为岛上人所爱戴：李德裕、李纲、赵鼎、李光和胡铨，岛上人民为其造了庙，塑了像，一代又一代。在被贬谪的大人物中，比“五公”更有名的却是苏东坡。

而今，海南岛是中国旅游业发展最快的地区之一，尤其是到冬天，北方的人群向候鸟一样迁徙到这里，有的人买了房子，有的人租的公寓，过一个暖洋洋的冬日。当冬天北风呼啸、冰天雪地的时候，这里蓝天碧海，满眼翠绿，椰林花香，四季如春。

今年冬天，我也随着热闹的人群来到海南岛，度过一个美好的假期。但是，心中仍然有些难以言说的感觉，有些苦涩，有些酸楚，因为有一个身影总在我眼前挥之不去。他，在人生最后的三年，被流放在这里，不知在风高怒号、浪涛汹涌的夜晚，怎样度过一个又一个的不眠之夜，他就是苏东坡。此时我依偎在车窗前，望着辽阔的海域，仿佛看见东坡当年上岸的决绝与悲痛，那片海域、那片海峡，有多少流放者肝肠寸断，绝望至极。流放者的悲戚，株连者的愁苦，孩童们号啕大哭，大人们老泪纵横，掺和着一阵阵蕉风椰雨，在海边走着，这一走大概就是一生……当年苏东坡是怀着什么样的心情啊！1097 年 7 月 2 日，他来到这里，1100 年 5 月遇赦北归，离开此地，7 月 28 日，一代大文豪溘然仙逝于常州，享年 64 岁。

那片海汹涌着、呜咽着、呼号着，为了一个真性情的大丈夫……

二

斗转星移、天地未变，海还是那片海、树还是那片树，风依然拍打着岸边的礁石，天气依然炎热潮湿，南山依然在静静地矗立着。不同的是游人来来往往，海里巨轮穿梭，金发碧眼的俄罗斯姑娘在沙滩展示着美妙的身姿……阳光温暖地洒下来，椰林花园、美景美食。

黎族是海南岛上最早的居民，“黎”这一族称最早正式出现在唐代后期的文献上，唐末刘恂在《岭表录异》中就有“修（州）振（州）夷黎海畔采（紫贝）以为货”的记载。在 11 世纪宋代以后才将黎族作为专用族称。

提起海南岛，就不能不提到一个女性，她就是岛上的“女酋长”—冼夫人，她是黎族的先辈黎人，而她的丈夫冯宝则是汉人。在冼夫人之前，海南岛和中央政府基本上处于分崩离析的状态，“海南历经 580 年，久乱不统，不能一日相聚以存”（海南史志网）。自从冼夫人执政以来，致力于海南岛与中央的关系以及与海南本地经济、文化的发展。尤其是在她的丈夫冯宝去世后，岭南动荡不安，冼夫人为了避免内战给岭南人民带来苦难，为了国家的统一，毅然派遣她的孙子冯魂率领众人迎接隋兵进入广州，使岭南一带顺利归隋，使中国历史上第一次得到统一。“由于冼夫人的开明政治，赢得了海南的民心。查海南各地方志可以看出，从冼夫人建议设置崖州起到她的孙子冯盎总

管海南3州12县止，将近110年的时间内，海南的社会是安定的，没有发生过大规模的反抗、叛乱事件。”（海南史志网）

我们无从知道冼夫人的长相，但是，仿佛看到一个刚柔相济、威风凛凛、勤政廉民、顾大局、识大体的伟大女性，从嫁给冯宝时一个邻家小媳妇儿，到执政七十余年的白发老妪，她将全部的青春智慧献给了海南岛，献给了这片神奇的土地。她统率三军、亲自驰骋沙场，平定战乱，冼夫人的队伍不像汉武帝那样采取强权政治，而是采取以德为怀，深得民心，人们慕名归附，衷心拥戴；她刚正不阿，无私无畏，亲自带着诏书，走遍崖州，揭发贪官污吏；她亲力亲为，务实敬业，亲自带领群众组织生产，传授技术，寻找水源，兴修水利，苏东坡贬谪之地儋县中和镇的居民们今天仍然饮用当年冼夫人带领人民开挖的“太婆井”水……冼夫人靠着自己的人格魅力，成为海南岛上的灵魂和旗帜，千余年来被人们敬仰和传唱。

更让我们熟知的是另一位与海南岛关系密切的女子——元朝的黄道婆。中国历史上最温暖的一双手也许是黄道婆的手，当年她作为一个童养媳，为逃离婆家的凌辱，一路难逃，最后在海南岛上住了30年，北归松江老家时带回了海南岛上先进的纺织技术，她用勤劳智慧的双手将热带雨林的一束束阳光装进中原大地的衣被里，成了闻名遐迩的棉纺织改革家，从此寒冷的中原地区有了一种温暖的全新纺织品，“松锦棉布，衣被天下”。尽管黄道婆不是海南岛人，但是海南岛的纺织工艺“黎锦”经黄道婆之手名扬天下，以纺织为主要生产方式也使得女性成为海南岛上的主角。色彩丰富的黎族女性服饰成为中国少数民族服饰中最重要的一种。

冼夫人、黄道婆，中国古代历史上女性的骄傲，也成了海南岛的符号。

如果说这些人离我们太遥远的话，可能我们最熟悉的海南女性是1964年首次演出的现代芭蕾舞剧《红色娘子军》中吴琼花这个舞台角色。我是60年代末出生，当这部舞剧红遍全中国的时候，我记住了其中主要人物的名字：吴琼花、洪常青、南霸天。据说，吴琼花的原型之一叫冯增敏，曾担任娘子军的连长，当年她报名参军时，红军团长王天骏问她为什么参加红军，她把衣领一拉，露出条条伤痕说“不为什么，就为这个”。前几年，我观看了中央芭蕾舞团在北京天桥剧院上演的新版芭蕾舞剧《红色娘子军》，其中的人物、情节又仿佛活跃起来。当然现在欣赏更多的恐怕是年轻演员精湛的舞蹈，赋予角色更多的芭蕾舞美感而非政治含义。不过，我们年近50的人都记住了海南岛上的红色娘子军—吴琼花。

就在我写这篇文章查阅资料的时候，突然发现了另一个重要的线索，那就是宋氏三姐妹的原籍竟然是海南人，她们的父亲宋耀如是海南文昌县人。宋氏三姐妹的风采已经代表了中国女性最高的境界了。

古代的海南岛，男人和女人分工不均，唐代杜甫曾写下一首《负薪行》，反映的是夔州的情形，杜甫笔下的负薪女采薪而登高涉险，即使如此尚且不足以供养男人，还得去贩盐维持生计，辛苦不堪。苏东坡在儋州见到的海南女人也和这种情形相类似，海南也有“土风坐男使女立”的陋习。苏东坡对海南的女人充满了同情，他在元符二年

（1099）九月十七日把杜甫的《负薪行》这首诗抄在纸上，然后在诗的后面写道："海南亦有此风，每诵此诗，以谕父老，然亦未易变其俗也。"东坡"每诵此诗"是为海南的女性鸣不平，并寄寓了对她们的深切同情。因此，从某种角度来说，是女性推动了海南岛的社会进步和发展。

海南岛，四面环水。在古代朴素唯物主义思想中，水是万物之源。《淮南子·原道训》里认为："水，上天则为雨露，下地则为润泽；万物弗得不生，百事不得不成；大包群生，而无好憎，泽及蚑晓，而不求报；富赡天下而不既，德施百姓而不费。"从辩证法的角度讲，水代表的是阴，是柔，是雌性，从这个角度讲，海南岛文明是一种女性文明。

三

苏东坡一生当中也与女性结下了不舍的情缘，在他生命的重要时刻，这些女性对他性格形成和生命的历程，都起着至关重要的作用。

苏东坡的母亲受到过良好的教育，断文识字，相夫教子，秉承中国女人优秀品质，坚韧、爱人、向善。东坡小时候，母亲教他们二子苏东坡和苏辙《后汉书》之中的《范滂传》：

建宁二年，遂大诛党人，诏下急捕滂等。督邮吴导至县，抱诏书，闭传舍，伏床而泣。滂闻之，曰："必为我也。"即自诣狱。县令郭揖大惊，出解印绶，引与俱亡，曰："天下大矣，子何为在此？"滂曰："滂死则祸塞，何敢以罪累君，又令老母流离乎！"其母就与之诀。滂白母曰"仲博孝敬，足以供养，滂从龙舒君归黄泉，存亡各得其所。惟大人割不可忍之恩，勿增感戚。"母曰："汝今得与李、杜齐名，死亦何恨！既有令名，复求寿考，可兼得乎？"滂跪受教，再拜而辞。顾谓其子曰："吾欲使汝为恶，则恶不可为；使汝为善，则我不为恶。"行路闻之，莫不流涕。时年三十三。

小东坡抬头望了望母亲，问道："我长大时候做范滂这样的人，您愿不愿意？"母亲回答道："你若能做范滂，难道我不能做范滂的母亲吗？"可见其母为人正直，这对苏东坡以后勇敢无畏、不怕权贵的民本思想形成有重要影响。

苏东坡的夫人王弗比他小两岁，家住在青神，在眉山镇南约15里。苏夫人自幼聪明过人，诗书琴画无所不通，是远近闻名的才女。她深知自己的丈夫是一个精力过人、才华横溢、不拘小节的人，连皇帝都管不了他，她对丈夫的佩服崇拜尽藏心底，除了做好悉心照顾他，以尽贤妻的职责外，还处处提醒提防与他交往那些势利小人，因为苏夫人她在务实际、明利害方面，远远胜过丈夫。他知道丈夫最大的缺点是看不到别人的短处和阴谋，以为"天下无坏人"，东坡对夫人的提醒和忠言也非常认可。苏夫人尤其提醒苏东坡要提防同科进士"好友"章惇，她一眼看出此人心术歹毒，人品恶劣，果然章惇得志后成了残害、迫害、打击东坡最险恶的人。这就是苏夫人——一个平静如水、平实伶俐的妻子大智慧。女人的宁静稳定、聪明解事，正是男人驰骋于人生滔滔岁月中的定海神针。可惜王弗与苏东坡生活了10年，在26岁时病逝，留有一子。东坡对妻子的思念深情而弥长，在苏夫人去世的第十个年头，写下了《江城子·乙卯正月二十日夜记梦》：

十年生死两茫茫，不思量，自难忘。千里孤坟，无处话凄凉。纵使相逢应不识，尘满面，鬓如霜。

夜来幽梦忽还乡，小轩窗，正梳妆。相顾无言，惟有泪千行。料得年年肠断处，明月夜，短松冈。

苏东坡的第二个夫人是王弗的堂妹王闰之，她秉性柔和，遇事顺随，抚养堂姐的遗孤和自己的孩子，夫唱妇随，十分恩爱。苏轼被贬谪到黄州时心情郁闷，儿子动不动就拉扯苏轼的衣服，苏轼刚想训斥儿子一顿，王闰之就说："儿子是不懂事，难道你比儿子还傻吗？不找快乐，发愁干吗！"听了王闰之这番话，苏轼无比惭愧，正在自责时，王闰之已将一杯薄酒摆在他面前了。于是苏轼大发感慨，觉得自己比魏晋名士酒鬼刘伶幸福多了，因为自己的妻子比刘伶的老婆强，刘伶的老婆连酒都舍不得给刘伶喝！这种春意盎然的家庭温馨，恰似并不苦口的良药医治着苏轼宦海沉浮中那颗伤痛的心。她与苏东坡一同生活了 26 年，王闰之死后，58 岁的苏轼大为悲痛，在祭文中发出“惟有同穴”的哀鸣。后来，苏轼死后，弟弟苏辙将其与王闰之合葬。

苏东坡生命中另一个重要女人是王朝云，东坡晚年流放在外，始终随侍左右的便是朝云。朝云是妻子买来的丫鬟，12 岁那年进了东坡家，后来成为东坡的侍妾。东坡教她识字写诗，朝云天资聪颖，愉快活泼，尽管这位杭州姑娘与东坡相差 26 岁，但是没有成为阻碍他们之间感情的屏障。朝云对东坡更像是为父、为兄、为师、为夫、为道、为友等交织起来的难以言说的感情。后来，朝云受东坡的影响，成为虔诚的佛教徒，他们在一起修佛论道，炼丹，一同创建放生池，乐于行善，后来东坡干脆节欲独眠，以求长生。苏东坡对她是又爱又感激，称她为“天女维摩”，他们二人的关系更像是共同追寻仙道生活的志同道合的伴侣，爱情升华为“宗教”，有诗为证：

白发苍颜、正是维摩境界。空方丈，散花何碍？朱唇箸点，更髻鬟生采。这些个，千生万生只在。

好事心肠，著人情态。闲窗下、敛云凝黛。明朝端午，待学纫兰为佩。寻一首好诗，要书裙带。

可惜朝云于 1096 年因染瘟疫，在惠州去世，只有 34 岁。东坡难过伤心，将其埋葬于惠州城西丰湖边上的山岭上，距寺庙很近。山上，瀑布相依，松涛为伴，傍晚佛经琅琅、钟声阵阵。朝云啊朝云，尽管你随着年迈的诗人面对着政治抱负和才华难以施展、又多次地遭遇迫害的处境，历经苦难坎坷，颠沛流离，但是你无怨无悔，将自己的聪明、才智、青春乃至生命都奉献给苏东坡。

是朝云点燃了他晚年的生命之火，是朝云用母性的爱和温柔支撑起一座温暖的小巢，阻挡了生活的风雨雪霜，是朝云纤纤细手和一双羸弱的肩膀，协助苏东坡肩负生活的重托与苦难。

——《苏东坡：不携名妓即名僧》郭文林著

朝云，你是有福的，我想有机会，一定到惠州丰湖看一眼，看一看长眠于地下的朝云，这位东坡心爱女人，周围是怎样的青山环绕，绿树成荫，是怎样的梅花盛开，绝于尘世？

与苏东坡生命中命运紧紧相关的女人还有太后，可以说，东坡仕途上的发展，在每一个关键时刻，都与太后有很大的关系。东坡幸运地遇到一个又一个开明贤德的皇后当政。当年他受审时，是仁宗皇后救了他的命，后来是英宗皇后拔擢他得势，在人生的最后几年里，若不是神宗之母皇太后的保护，东坡早就客死蛮荒了。在皇太后奄奄一息之时，神宗皇帝想大赦犯人来为她求寿，她竟说："用不着赦免天下的凶犯，放了苏东坡一个人就够了。"她的去世，正是苏东坡厄运连连的开始，老太后一死，苏东坡便被流放。

或许，东坡的命运中就注定与女性有割舍不断的感情和缘分？

四

心似已灰之木，身如不系之舟。

问汝平生功业？黄州惠州儋州。

这首《自题金山画像》是苏东坡1101年3月所作。可以说，这是他对自己一生非常准确的概括。东坡一生屡遭贬谪，四处漂泊，尤以在黄州、惠州、儋州待的时间最长。

儋州便是如今海南岛上西北部的一个地级市，距离海口市大约140公里的车程，尽管我没有去苏东坡当年遭流放的儋州，只在三亚市停留，但是已经领教了海南岛上的潮湿和闷热。来了几天，夜里盖的被

子都是湿乎乎的，晚上洗的袜子，第二天竟然还能拧出水滴来，可想苏东坡当年刚到海南时，生活环境是多么艰难。他在日记中写下自己的坎坷："吾始至南海，环视天水无际，凄然伤之曰：何时得出此岛也？""食无肉、病无药、居无室、出无友、冬无炭、夏无寒泉""岭南天气卑湿，地气蒸溽，而海南为甚。夏秋之交，物无不腐坏者。人非金石，其何能久"，一个63岁的老人长叹道："今到海南，首当做棺，次当做墓"！这是怎样的无奈与绝望啊！

可是东坡毕竟是东坡啊，是"莫听穿林打叶声，何妨吟啸且徐行。竹杖芒鞋轻胜马，谁怕？一蓑烟雨任平生"。他的乐观、他的坚强、他的洒脱、他的旷达、他的民本，感天动地。面对如此艰难的生活环境，东坡没有绝望，"我本海南民，寄生西蜀州。忽然跨海去，譬如事远游"（《别海南黎民表》）。他早已将自己看成了海南人。

哪里是故乡？心安处即是故乡。

海南岛，渐渐平息了苏东坡心中的恐惧与怨恨，这里浓重的阴柔气息和他生命中与女性的不解之缘交织在一起，升腾着，缠绕着，锤炼着，荡涤着他的灵魂，他又一次将伤心绝望按压在心灵深处，将自己置入世界中、宇宙中，投入到善良的黎族人民身上。他凭吊了冼夫人庙，朝拜了黎族的诞生地黎母山，他渐渐开始喜欢这里，认为海南岛的优秀人物并不比中原差，而且此处也没有传闻中的所谓毒气。他天生的民本思想又被激发出来，与黎族百姓共同生活，打趣，戏谑。

没有房子，便自己动手在桄榔树中搭建茅屋，自命为“桄榔庵”。他穿着黎族的衣服，带着斗笠，穿着木屐，牵着他的海南种大狗“乌觜”，随街游逛，与邻居交谈，拉家常，说笑话，他已经将自己完全与他们融为一体。“借我三亩地，结茅为子邻。鴂舌倘可学，化为黎母民”，他想学会黎民的语言，也做一个黎母山下的百姓，“总角黎家三四童，口吹葱叶送迎翁。莫作天涯万里意，溪边自有舞雩风”，诗中反映了东坡在当地和孩童们嬉戏欢乐场景。

海南当时在农耕方面还十分落后，苏东坡指挥百姓打井，解决了百姓饮水难的问题。他督造秧马，减轻了农夫的劳作强度，当地有杀牛治病、杀牛祭鬼神的习惯，他劝百姓要爱护牛……他早已将黎族百姓当作自己的朋友，黎族百姓也从来没有把苏东坡当作“罪人”，他们热情地向苏东坡伸出了温暖的手，给予苏东坡生活上最大的帮助，谁打猎回来总要分一块肉给他，谁家做了好的饭菜，都会把东坡父子请来饱餐一顿。

有位70岁的老婆婆是卖馓子的，有一天，东坡去买馓子，老婆婆在一旁吟唱：

“归去来兮，谁不遣君归？觉前非而今是，今忘我而遗世。”老婆婆唱的这首词，是东坡谪居黄州时取陶渊明《归去来兮辞》之意写的，不料在海南岛如此偏僻的地方竟然也会有人唱。苏东坡好奇地上前询问道：“敢问婆婆世事如何？”老婆婆笑答：“世事只如春梦耳，譬如苏学士当年荣华富贵，如今看来，不过是春梦一场罢了。”苏东坡拱手称是，把老婆婆尊称为“春梦婆”。

苏学士再一次在中国的最南端，将中国文人文化的传承与发扬作为他生活中一个重要组成部分。他肩负着历史的使命，他承载着历史的责任，他身上体现了中国传统知识分子身上那种最坚强的智慧和毅力，以及刚正不阿的决心和勇气。他在简陋的“桃榔庵”中，开始了做学问、做研究。他潜心著作，修改了《易传》九卷，《论语说》五卷，新写了《书卷》十三卷，《志林》五卷。他还创作了大量的诗词，尤其是他的和陶诗 124 首，离开惠州时，他已经写了 109 首，还剩下 15 首没有和，这 15 首就是在海南岛完成的。他不仅自己著述，还教育当地的百姓，可以说，苏东坡在海南最大的贡献是开馆办学。由于海南岛地处偏远，文化落后，自唐太宗开科取士，直到苏东坡被贬海南岛，这里没有出现过一个进士。他把自己的教学点命名为“载酒堂”，这里取“载酒问字”典故。他悉心指导琼崖后学，将自己学习和读书方法教给学子们。姜唐佐就是在苏东坡亲自辅导考取的海南第一个进士，这极大地鼓舞了海南学子，不久，曾经由苏东坡辅导和指点过的符林、符确等人也相继考中进士。从此，海南人民把苏东坡当作天上的文曲星来供奉，认为是苏东坡带来了中原文明，是苏东坡教化了海南人民。《琼台记事录》载：“宋苏文忠公之谪修耳讲学明道，教化日兴。琼州人文之盛，实自公始之。”时至今日，每当高考前夕，海南的不少学子都会来到儋州东坡书院，在苏东坡像前虔诚地燃起三炷香，祈求东坡先生保佑自己呢！

碰巧的是，我们一行人竟然在海南凤凰机场碰见了一个河北老乡，他儿子当年高考时将户口迁移到海南，参加了海南的考试，海南大学毕业后，留在这里工作，成家立业，他们老两口现在过来帮助带孩子。他见到我们非常亲热，一定请我们到他家里坐坐。他说每年冬天 10 月来海南，住到次年五月再回老家避暑，言谈中感觉生活挺幸福安逸的。今天海南的教学质量，俨然已经和其他地方没有什么太大的区别。

如果东坡先生有灵，一定会欣慰地笑了。

五

此时，我漫步在三亚的街头，漫步在亚龙湾的沙滩，漫步在天涯海角的尽头，远处，海水茫茫，近处，椰林婆娑，女性尽情舒展优美的身段，裙裾飘飘，长发飘飘，那是一种温柔，一种甜美。海南岛或许是女性的天堂和世界，从隋朝统一中国时冼夫人率领各州县归附中央，到黄道婆从海南岛带回的纺织技术传遍中原大地；从活跃在中国20世纪祖籍为海南的风采智慧的宋氏三姐妹到六次举办世界小姐总决赛成为“世界小姐之家”的海南地标性建筑“美丽之冠”；从革命年代琼崖纵队中“红色娘子军”的吴琼花原型之一冯增敏，到今天在热带地区成功种植玫瑰、被称为“玫瑰夫人”的杨莹女士，无一不是女性智慧与温柔的力量的展示。

所以著名作家余秋雨先生在《天涯故事》中这样写道：

幸好有一道海峡，挡住了中原大地的燥热和酷寒，让海南岛保留住了寻常形态和自然形态，固守着女性文明和家园文明怡然自得。

我想正是因为海南岛这种女性力量和女性文明，水质般的阴柔之美，使苏东坡能够调整心态，随遇而安，顺应生活。“做人如水，无色无形无味。因器而变，遇圆则圆，逢方则方，直如刻线，曲可盘龙。水因机而动，因动而活，因活而进，故有无限生机。”这种坚韧，这种宁静，这种温暖，这种阳光，给了大丈夫更多的豪情和斗志，阴与阳总是相生相克，阴阳互补，《周易·系辞上传》有“一阴一阳之谓道”，当阳刚之气过于旺盛时，阴柔的力量往往能使事物自然而然地趋于完美和谐，“往遇雨则吉”。在苏东坡到海南悲苦凄惨的时候，是那片温柔明媚而又苍凉宁静的海水使东坡在绝望中又重新激发起他与生俱来的坚强与乐观、幽默与诙谐。在遭流放的几年时间里，他一次次安顿，一次次离开，一次次欣喜，一次次难过，一次次挣扎，一次次咬牙。当朝廷已经将他贬到中国最南部地域时、再无路可走的时候，他又一次抬起头颅，挺起胸膛，将伤心与绝望压在心里，将深邃的眼睛投入到翠绿的世界，投入到湛蓝的海水，投入到宇宙中，放眼黎民百姓，与他们融为一体。也许此时，那从椰子树上掉下来的“吧嗒吧嗒”的声音已经成为他生命中华美的乐章；那满眼一朵朵南国红槿花已经成为他生命中跳动的音符，他又开始了月下散步的老习惯，当海上生明月的时候，当月光像颗颗碎钻点缀在海平面的时候，那海天相接的世界里，他的心又一次飞跃、升腾……此时眼中的泪花与水里的浪花已经完全融为一体。

六

海南岛，一首《我爱万泉河我爱五指山》歌曲让人们家喻户晓的地方；海南岛，一首《万泉河水清又清》让这里谱写着军民鱼水情深的地方；海南岛，一首沈小岑的《请到天涯海角来》成为人们趋之若鹜的地方。

天涯海角，我赤脚穿行在是那片明媚温柔而又苍凉的海水中。

这次旅行，因为有了东坡先生而变得生动有趣，是东坡先生的故事延伸了自然风景，而风景因了东坡先生显得更有活力和内涵。人物成就了历史，历史成就了风景。我一路在寻找和东坡先生有关联的事物和人物，我希望哪怕从中得到一点儿收获。

旅途中遇到一对年轻夫妇，同桌吃饭闲聊，得知他们来自四川，男孩是演艺界的，艺名阿闯，人长得非常帅气阳光，会唱歌，会变魔术，在当地很有名气，曾参加过中央电视台“幸运100秒”节目的演出。当我问起苏东坡是不是他们四川人时，他兴奋地说：“就是我们那里的呀，我就是眉山人啊！苏东坡故居“三苏祠”离我家只有十几分钟的路程！”我十分高兴，与之交谈甚欢，并合影留念，不为别的，只因他来自我敬仰的人—苏东坡的家乡眉山，自然有一种亲近感。

得知我在海南旅行，大学同学问我：“在天涯海角风景区有块苏东坡的石头你看见没？”我说没有。因为我早已经将海南当成一个大概念了，不仅仅局限于三亚、儋州，不仅仅局限于一草一木。不是吗？海南岛上，每一片沙滩都有东坡先生的印迹，每一块石头都有东坡先生的凝视，每一棵椰树都有东坡先生的抚摸，每一粒雨滴都有东坡先生的吟唱，每一朵浪花都有东坡先生的诗篇。我爱苏东坡，爱他的才华横溢、爱他的善良宽厚、爱他的旷达洒脱、爱他的百折不挠、爱他的幽默诙谐、爱他的欢乐有趣、爱他的坚定执着、爱他的豪爽正直。

与这样的人生活在一起，困苦也是甘甜，逆境也是乐趣！

我一次次回望，一次次思索，是的，这是一片神奇的岛屿，是碧绿的海水融化东坡心中的冰霜，是温暖的风吹散了东坡心头的寒冷，是苍翠的绿赶走了东坡心中的阴霾，是明媚的光照亮了东坡心中的阴暗，是温软的黎语唤醒了东坡心中的激情，是黎族百姓的善良打破了东坡心中的芥蒂，是海南岛的女性文明点燃了东坡对生活的热爱，苏东坡的民本思想又一次在人生的最后几年时间里熠熠生辉，散发光芒，在中国古代史上永远闪烁。当年苏东坡去海南时曾写道“他年谁作舆地志，海南万里真吾乡”，当他离开海南岛遇赦北归时，他又高声吟唱：

九死南荒吾不恨，
兹游奇绝冠平生。

2017 年 3 月 1 日

走一趟亲戚

一、引子

一个神秘的地方，一个遥远的地方，一个曾经不能提、不敢提的地方，一个骨肉相连亲情相望却不能相见的地方。

这就是宝岛台湾。

记得上小学时，临摹的字帖是方方正正九个大楷书：我们一定要解放台湾！连环画上是一个童工被资本家赶出工厂的哭泣场面，“生在日月潭，长在阿里山，台湾小朋友，生活多苦难。吃的野菜汤，穿着破衣裳，从小没处住，年年去逃荒”，这是小学一年级学的歌曲。于是我们心中永远记得这里的小朋友生活在水深火热之中！

今天我来了！

是以拯救者的姿态？还是走亲戚的串门？抑或是苦苦寻找亲人的眷恋？

同样的肤色，同样的语言，却需要办出入境手续，需要过“海关”。

一家人串门也要这么复杂吗？

冬季到台北来看雨。

蒙蒙细雨中，台北像是晕染的一幅水墨画。断断续续的雨丝难道是相思泪的飘落？

夜色下的台北市灯光点点，具有代表性一大街景一摩托车车灯闪烁，呼啸而过，拉风抢眼。街面上楼房低矮，行人很少，街道不大宽阔。一切有序地进行着，宁静而安然。

台北宁夏夜市的小吃街上香味阵阵飘来，各种小吃像台湾艺人林志玲嗲嗲的言语般甜美，初闻不甚喜欢，渐渐感觉挺好，到一定程度后又觉得有些甜腻。

不过，不论什么味道，总没有水深火热的味道！带着一身的惆怅，踏在青石板路上。隐约中街道旁迷离的灯光是家乡母亲呼唤归家的灯笼，唤回晚上依然在外玩耍的少年！

二、野柳地质公园

在新北市万里区内，野柳地质公园里浪花阵阵，海水滔滔，苍茫的海水一浪涌过一浪，卷起千堆雪。想起曹操的“东临碣石，以观沧海”波澜壮阔，气势恢宏的场面。现代诗人肖草曾写《野柳地质公园》诗：“野柳水拍雨潇潇，墨客匆匆忙聚焦。砚池走兽姿百态，清梦远古方舟漂。”

站在岸边，水拍岩石，深邃而迷离，孤寂的黑褐色石头被海水千百年来侵蚀风化，形成一个个小孔。据说，这就是被称为“蕈状石”“海蚀洞”的地质地貌。这里一个地标性的岩石是“女王头”，形状像英

国女王侧面的脸颊，细细的脖子，高高耸立的头颅和礼帽，颇有英国王室贵族优雅的风范。

诗人谷冰在游历野柳地质公园后曾这样写道：

………

你一定会看到英国女王的头像
她根本没有佩带至高的权杖
她既然归还了那一个港口
在这里，她也要更改
那个曾经令人羡慕的姓氏
还有那一块一块的蜂窝石
她斟着的半盏醉意
也会摇动你亦曾弥坚的心旌

………

置身于岸边，任雨水与海水打湿头发，遥望海的尽头，与天相接。起名为“海角一号休憩室”意味深长，导游说这是离钓鱼岛距离最近的卫生间。

海岛上一块块蕈状石上的一个个小孔，像一只只眼睛在张望着。不知在黑暗的夜空下，漫天的星星是否能够填满千疮百孔之躯，仿佛比干之心，七窍灵通。寂寞的夜里，陪伴着他们的是阵阵海浪的哭诉，那是有家难回的伤心和惆怅，那辽远深邃的茫茫海上，在苍凉无边的的星空下，是否有一座灯塔能够照亮孩子们回家的路！

在台湾，一路上看见许多道观、寺庙，尤其是在台湾的西部和南部，其中大多数是妈祖庙、天后宫。传说妈祖林默娘就是比干之后。当年比干取心身亡，比干夫人已有三月身孕，为躲避杀身之祸，逃出朝歌，在林中石室生子，纣王追兵赶到，夫人急中生智，说孩子姓林，即为林氏之祖。

妈祖林默娘也一定在遥望着，保佑企盼着孩子们回家的路途平安顺利。尽管归家的路是那么漫长、那么坎坷，但是终究是能回来的！无心之人不能活，无娘之孩没有乐！

“回来吧、回来哟，别在天边漂泊。”

三、台北故宫博物院

台北的雨还在沥沥下着。

阴阴的天色，空气很湿润，没有太阳光的照射，一切仿佛都不那么明朗，不过却也素净柔和。

今天车上一行人似乎也不像昨日那么欢实，导游说这个地方不能背双肩背带的书包，于是车上人开始窸窸窣窣整理随身物品，神情有些庄严。

使人沉重的恐怕不仅仅是参观的有关规定，更是心中的那份惆怅、那份难以明说的隐痛。

于是，就这样，丝丝雨中带着怅然、带着伤感出入这座四层高的建筑。

没有正面与它凝视，透过那一片竹林，黄墙绿瓦、镏金屋檐的中国宫殿式建筑在隐隐约约中显现，有些不敢，也有些不忍，只是在即将离开的时候才远远观望其全貌，并匆匆留下一张西窗剪影般的侧貌。这就是台北故宫博物院（即“台北故宫”）

不知怎样表达心中感受，相似的建筑风格（北京故宫是红墙碧瓦），相似的名字，相似的珍宝，走过同样的历史，历经同样的沧桑，像失散多年的双胞胎兄弟，相互张望，相互惊喜，却不能在一起相认。

就这样，在台北故宫博物院，我带着惊奇打量他身上每一个细节，每一件衣服，甚至一粒纽扣，一个袖筒。

陌生中有熟悉，相似中有不同。

台北故宫有将近70万件藏品，每一件都是一幅中国历史画卷，随着画卷的延伸展开，大江东去、朝代更迭。

北京故宫有180万件藏品，两院孰优？各有不同，各有千秋。但都不完整，两院只有合在一起，才是一个完整的故宫。

身在北京，却没有经常去故宫转转，想着那是自家的院子，什么时候去什么时候去，不用打招呼，不用看脸色。

不知他们能否团聚？

没有看见残品《富春山居图》，有人说遗憾。如果说遗憾残缺是一种美，我宁可不要这种美！

艺术让人癫狂。《富春山居图》已经称为中国历史上最富有传奇的一幅绘画作品，一个个收藏者的疯狂痴迷，一段段历史故事的起伏跌宕，多少人神魂颠倒，多少人梦寐以求。真真假假，虚虚实实，巷井市民的猜测，家庭内部的争夺，帝王将相的占有，倏忽迷离。因酷爱而焚烧的故事看似荒诞不经，却是血泪交织。在熊熊大火燃烧的瞬间，不只是火焰的旋转，也是画之灵的飞舞。当年黄公望的心血就这样流淌着，带着满身的疲惫与落寞。

据说，在2011年6月1日，“山水合璧—黄公望与《富春山居图》”特展开幕式在台北故宫晶华三楼宴会厅举行。分隔360年之后，浙江省博物馆馆藏的《富春山居图》（剩山图）与台北故宫博物院院藏《富春山居图》（无用师卷）终于重相逢。

听说，那一盛况让多少人趋之若鹜，唏嘘不已，他们暂时团聚却又立即分离，这种痛更是欲罢不能、欲哭无泪。

亲兄热弟不能相见，一家亲人不能团聚。

难道这样的伤痛将永远在母亲心中刻下深深烙印？

难道这样的悲哀将永远让母亲心里承受无言之恸？

于是，我只好带着一个台北故宫的馆藏之宝——“翠玉白菜冰箱贴”转身离开，就让这颗“翠玉白菜”在我家冰箱上永远鲜嫩吧！不是吗？

“萝卜白菜才养人哩”！养我这瘦弱的身躯和苍老的心。

乘坐世界最快的电梯（电梯攀升的速度为每分钟 1010 米），登上台北市中心区的 101 大厦（1667 英尺，为世界第五高楼）。登高望远，雾气蒙蒙，台北市若隐若现，时有时无。想必望穿秋水的母亲也曾这样站立，尽管什么也看不见，但游子容颜早已刻在心间，一望就是半个多世纪。

母亲啊，母亲！

四、日月潭与阿里山

山水相印证，水山相依偎。

台湾，另一个代名词就是日月潭和阿里山。

深深植于人们心中的日月潭！日月潭位于南投县，因潭中有一小岛远望好像浮在水面上的一颗珠子，名拉鲁岛，以此岛为界，北半湖形状如圆日，南半湖形状如弯月，日月潭因此而得名。据说，日月潭面积为 7.73 平方公里，比杭州西湖还要大些。

荡舟日月潭，微风拂面，水天相接，雾气缥缈，朦朦胧胧，碧绿的湖水深邃迷离，两岸风光秀美，尽收眼底。印在湖里的倒影无论怎样搅动，最后终能合上幕帘，幕布中全是光、是色、是影、是彩、是阴柔、是壮美！日月交辉的美、阴阳辩证的美都赋予它无言的醉意！你无须抒发什么，因为你已经融化成这里的一朵浪花，与日月共同见证沧海桑田的变迁。

游湖不登山，登山不进庙，多多少少有些遗憾。于是我们下了船，上山游览了岛上的玄光寺。玄光寺里放置着唐玄奘的头骨舍利。当年日本人入南京，修路掘得大师的部分顶骨，移奉日本。后来一部分顶骨归还台湾，即奉安于南投县日月潭玄光寺。

随着熙熙攘攘的人群，我们走进寺庙。寺庙很小，参观的人络绎不绝，只见部分经书在侧旁书柜里摆放，上书“千秋传绝学、万古仰完人”。法师为取得真经，往返 17 年，行程 5 万里，历经千难万险，请回佛经梵文原典 520 夹 657 部。卷卷经书在红木书柜中摆放，太阳光照在书柜上一闪一闪地发亮，书柜里面的《大藏经》书脊熠熠生辉。旁侧，一位居士在免费发放佛经小薄书册以及书签。抬头只见一面木鼓在架子上放置。

温馨而别致的玄光寺，它是那么的狭窄，却没有逼仄感，我仿佛置身于一个普通的书房中，安静而温暖。这里没有高不可攀的佛像，没有空旷幽深的大堂，没有高深莫测的梵音，也没有晨钟暮鼓的提醒，更没有香烟缭绕的缥缈。这里让你十分放松，十分亲切，你可以随时打开书柜，阅读经书，书香足以让你沉醉，让你流连，与岛上阿香婆的香菇鸡蛋一样，经得起品味、咂摸。

你也可以与在这里发放佛教宣传资料的居士轻声细语地交流畅谈，因为他的眼中全是柔光、全是和善、全是木讷的智慧、全是坚毅的沉着。

从他的眼神中我仿佛读到了玄奘法师的心灵。一个心中有坚定目标的人，外在任何人、任何事物都不能触及其分毫！

“阿里山的姑娘美如水，阿里山的少年壮如山。”

台湾嘉义的阿里山被人们传唱了几十年，终于矗立在我的面前。

不曾见美如画的姑娘，也没有壮如山的小伙子，他们现在都在山下居住。山上只剩下仙女，裙裾飘逸，缈缈袅袅，耳边仿佛空竹灵笛在奏响，又仿佛钢琴曲的弹唱。

阿里山是大武峦山、祝山、塔山等 18 座山的总称，主峰塔山海拔 2600 多米。阿里山就是一座森林博物馆，著名的红桧木高大笔直，台湾杉拔地而起，森柏树亭亭玉立，耸入云端，升到空中形成一种直立的肃穆和尊贵。通透湿润的空气仿佛让你轻盈的飞翔，但是你并没有飞起来，只是你的灵魂在升腾……

你的脚步必须踏实地走在树丛中，因为这里与其他山脉不同的是，除了参天大树之外，到处是古木的残骸，是折断的树桩。一盘盘树根，一条条树藤，虬蟠纠结，扭曲回旋，枝枝蔓蔓在地面延伸，仿佛千万条龙蛇在地面蜿蜒而行，又似乎觉得是《西游记》里面的树精树怪。

不过，你不必害怕，因为太阳明媚灿烂，游乐的人群欢快舒畅。更重要的是，树木没有孤单寂寞，也没有捶胸顿足，他们一代代相依为命，三代同堂。阿里山上有一个独特的景观就是“三代木”，据说，因一棵老桧树枯干腐朽，只剩下空壳残根，却在这棵空壳腐朽树中又生一树，而再生树也已经枯槁，蚀成一个腐朽的空洞，没有想到在它的僵尸上，又生出一棵绿叶满枝的桧树，这就是有名的“三代木”。据说平卧地上的枯干树已经有 1500 年了，雷劈枯死后，隔了250年生第二代树，二代树生一千年后又被日军砍死，隔三百年又生现在的第三代。枯树中生树，叹为观止。

不知在空旷孤寂幽深的山谷里，在伸手不见五指的黑夜里，在千年春来冬往的岁月里，曾经发生过怎样的惊天动地，怎样的古怪精灵。据说日本人因为在此地伐木太多而恐惧害怕，于是建“树灵塔”，以祭奠被砍伐之木。

太阳时隐时现，光线忽明忽暗，云朵在树木端穿行着，我们也在林间穿越着，巍巍乎秀美独特，郁郁乎欣欣向荣！千年古树仿佛有灵性，发出窸窸窣窣的声音，向我们讲述久远的历史。

山中有一个“阿里山博物馆”，不大，陈设也较简单，不华丽，显得拙朴自然，里面大多数是各种树木标本和伐木工作设备设施等等，有一种浓郁的生活气息，很亲切。最让我震撼的是一进门，摆放着一截红桧木的横截面，比一面巨鼓还要大。据说，它生于宋神宗熙宁十年（1077），在明治四十五年（1912）日本人采伐了它，千里迢迢，运回东京修造神社，这样它已经有835岁的树龄。“一个生命，从北宋延续到清末，成为中国历史的证人。”（余光中《山盟》）

一圈圈年轮，在我眼前晕染着、扩散着、推开着，台湾的历史也一幕幕在眼前展现开来。宋朝时，澎湖划归福建泉州晋江县管辖，并派军民屯戍；元朝忽必烈派人到台湾“宣抚”，并设“巡检司”；明三宝太监郑和访问南洋各国，在台湾停留，并留下了高雄著名的特产“三宝姜”；清康熙

二十二年（1683），郑成功之孙郑克塽率众归顺，清政府统一台湾。

阿里山啊，你的富饶，你的美丽，让多少人垂涎三尺，西班牙、葡萄牙、荷兰、日本等列强虎视眈眈，侵略你、蹂躏你，一纸《马关条约》又让多少人痛心疾首、万分愤慨，直到你“行刑的那一天，须髯临风，倾天柱，倒地根”（余光中《山盟》）。

1077年，多么美好的一年，那一年你听着苏轼的《东栏梨花》而出生：“梨花淡白柳深清，柳絮飞时花满城。惆怅东栏一株雪，人生看得几清明，”尽管那时的苏轼距离因“乌台诗案”被贬黄州尚有两年，但是仍然自信潇洒，才气尽显，到1912年台湾南投林圮埔抗日起义的爆发，你是怎样地从梨花吐蕊、柳絮飞扬到血光冲天、溘然长逝。

那一圈年轮推着、推着，将我推向阿里山的云端深处，与太阳光融合在一起。“一轮橙红的火球降下去，降下去，圆的完美无瑕的火球啊，怪不得一切年轮都是他的模仿，因为太阳造物以他自己的形象。”（余光中《山盟》）

五、高雄港口、西子湾

若说这次台湾行使我有一种走亲戚的感觉，到了这里——高雄市西侧的西子湾，更让我有一种仿佛回到家乡的欣喜和亲切。

高雄港口轮船繁忙，人来人往，旁侧，这里有一个台湾著名的景点——“西子夕照”。西子湾干净明快，依山傍水，黄澄沙滩、碧蓝海水。

岸上鲜花盛开，绿草如茵，人们悠闲地逛着，空气中飘来烤鱿鱼的阵阵香味。这里还有全台湾仅有的一所海滨大学——中山大学，让这座秀美小镇顿时有了浓郁的文化气息。

突然，当我看见马路边立着一块牌子——“西子湾欢迎光临”和一块岩石的时候，我不顾和同伴打招呼，穿过一辆辆汽车，自己一人冲过马路，到牌子前顿足观看。

“西子湾”与我的家乡“西湾子”三个字相同只是顺序不同而已！这里，在这座魅力四射的风景区内，“海天一色共苍茫，夕阳西下晚景妆”，而我的家乡崇礼西湾子此时正是隆冬严寒时节，一个可爱的小镇，却有着得天独厚的滑雪条件，小镇周围“山峦纵横林木生，沟壑相连气势雄”！

思乡是没有距离的，在这座海滨城市，在这美丽的热带气候的风景中，在这个周围的人说着闽南方言闲逛游玩的时候，我的思绪穿过热带雨林的植被，穿过“英国打狗领事馆”的围墙，穿过高雄港口熙熙攘攘的船只，穿过太阳的缕缕光线，去温暖家乡寂寞的山林，去抚慰儿时玩耍的冰层，南国北望，回首夕阳，浪花里全是浓浓的思乡！

不是吗？你离开家乡只有十几年的时间、间隔几百里的行程，而台湾，却是几万里的遥望、将近一个世纪的思念！

六、垦丁国家公园

台湾电影《海角七号》的画面一直在脑海中闪现，我们已经来到了垦丁国家公园。

我们也是醉了！

那是海吗？不是调出蓝色的颜料盘吧？

是真真切切的海，是浪花翻滚的海，是幽静深邃的海，是空谷幽灵的海！

我来了，拥抱着你，台湾海峡！

我来了，眷恋着你，巴士海峡！

这里就是台湾的最南端——台湾海峡和巴士海峡之间的岛屿，俗称“猫鼻头”的垦丁国家公园风景区。

这些遥远的地理名词，这些在晚上看“天气预报”电视节目时才经常出现的地方，这枚像大自然镶嵌的一颗婀娜舒坦的蓝宝石，一览无余地展现在我的面前时，能让我不激动得浑身战栗吗！

我想象自己就是凌波仙子，一袭洁白古装，长裙水袖，飘带袅绕，在迤逦水面上飘然而行，那是怎样的一抹朦胧美影，那是怎样的一番明净境界……

临海而视，海水纤尘不染，为我涤出俗虑，将我升华到不可思议的幽境中。

偏偏把我拉回现实世界的还有一只可爱的猫。

这里有一块天然礁石，仿佛猫的鼻头伸向海里，故叫“猫鼻头”，巧夺天工，神奇绝妙。

你是在嗅着什么？你嗅出了海水的咸涩吗？你被融化到湛蓝的画卷中了吗？

将无生命的石头命名得如此传神，如此浪漫，足以证明这里土著居民的生活情趣。

白沙湾就是电影《海角七号》的拍摄地。

一股股热浪扑面而来，盛夏的景色映入眼前，高大的椰林辉映着蓝天的澄净。

仿佛电影里各种乐器在耳边伴奏，一个个人物也擦肩而过，唯美真实，那漫天的晚霞、远方的轮船、低沉的倾诉、纯真的感情，丝丝缕缕飘散在海面上。

一踏进白沙湾，迎接我们的是音乐，音响挂在高大的椰子树上，来自各地的人们随着音乐翩翩起舞。蓝天、碧水、沙滩，人们在这片热土上，就像在电影中体现的，唯有用音乐、用激情表达对故乡的热爱、对爱情的向往、对梦想的追求。

七、花莲——老兵的家

在路途比较远的行程中，导游小珍便为车上的游客放映台湾的电影或者电视剧。

忘记了是什么名字的电影，让我的同伴哭得泣不成声。

那是一部反映一群从大陆来到台湾老兵的生活和思乡之情的电影，他们背井离乡，有家难回。

台湾东部花莲县就是老兵的第二故乡。

导游小珍说，曾经的国民党老兵拄着拐杖，喜欢在花莲酒店门前闲逛，因为他们喜欢同大陆上来的人聊天，喜欢看旅行车上的字，他们希望从家乡带来音讯。这些老兵有的在台湾娶妻生子，更多的人则终身未婚。他们承受着思乡之情，以及性的压抑和苦闷，这些老兵聚在一起，谈的都是过去大陆的事。

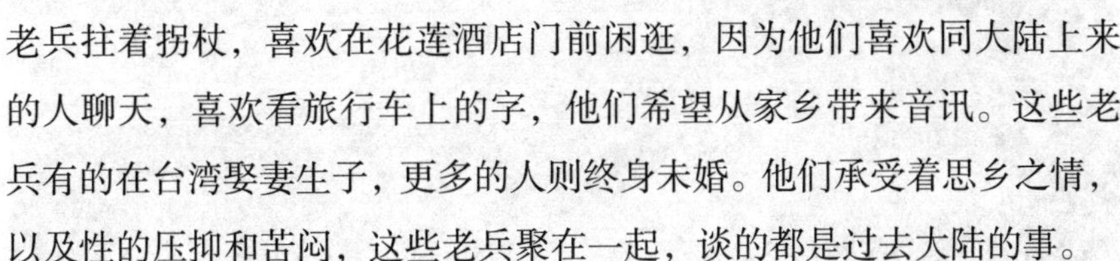

那是一种怎样的煎熬和思念啊！黄昏的傍晚，满桌饭菜，老兵们推杯换盏，自得其乐。席间，乡间小曲飘散着，渐渐地，熟悉的小曲声变成了哭泣抽搐声，老泪伴着浊酒，汩汩而淌。深夜，一轮圆月挂在天上，“独上高楼，望尽天涯路”，注定，又是一个不眠之夜。

“花莲抚养荣民之家”在汽车快速前行中一晃而过，门前，一个老兵踽踽独行。我多想停下来上前，仔细端详端详老兵的模样，给他带来故乡的信息。

“花莲”这个名字美丽温馨怡人，这些老兵心中也永远带着那个美好的梦，梦中是故乡的油菜花，是母亲做饭的围裙，是心中姑娘的发香，是永远留在记忆中的家！

据说，1950年以后，原本随着国民党来台的60万官兵，在义务役实施之后，大批军人退伍，既无一技之长，在台湾又没有亲人，生活成了一大问题，于是当局调拨出山地和河川边的土地，交给他们垦殖，从事农耕和畜牧等工作。也有些老兵在金门战役中已经残废，丧失了劳动能力，只能干些贩卖香烟和零食的轻活。这些老兵为战后台湾经济发展和建设做出了巨大的贡献。

比如台湾太鲁阁国家公园里峡谷幽深，其中一条“东西横贯公路”就是由当年退役老兵用生命和鲜血开凿的。他们劈山开路，遇水架桥，用钢钎、铁锤、炸药，像蜘蛛人一样挂在悬崖峭壁上，终于在1960年打通了公路，将这里十分丰富的矿产资源运输出来。在太鲁阁峡谷入口不远处，有座“长春祠”，里面供奉着中横公路施工过程因公殉职的212位员工的灵位，以纪念这些伟大的英雄们。

老兵、老兵，有家难回或者无家可归！

太鲁阁公园里怪石林立，惊骇险峻，让我有一种力的压迫。但是更压迫我的心的是它：

小时候
乡愁是一枚小小的邮票
我在这头
母亲在那头

长大后
乡愁是一张窄窄的船票
我在这头
新娘在那头

后来啊
乡愁是一方矮矮的坟墓
我在外头
母亲在里头

而现在
乡愁是一湾浅浅的海峡
我在这头
大陆在那头

——余光中《乡愁》

八、后记

一趟走亲戚就这样匆匆说再见了，希望以后有机会在亲戚家能多住几天，共同生活一段时间，当然最好是买一张机票说走就走，而不是提前要办什么“赴台通行证”、出境检疫手续。如果在我此生之年不能实现的话，希望我们的后代子孙有这个便利，也希望浅浅的海峡不要再阻隔乡愁。

2015 年 3 月 8 日

剑麻的吟唱

一

古长城的战火已尽，古隘口的狼烟已休，说不清在中国辽阔的疆域上，几千年的历史进程中，演绎了多少关，又演绎了多少梦。一个个被秋风和春雨铸就的关口，千百年来像一个个巨人屹立在四面八方，多少日日夜夜，多少血雨腥风，默默守护着一寸土、一片天。

历史发展到今天，我国共有九大名关：友谊关、山海关、紫荆关、居庸关、雁门关、娘子关、平型关、武胜关、嘉峪关。除了位于中国西南边陲与他国接壤的友谊关外，其他八个关均在我国北方而且都是在境内，这些关口的防守意义早已不复存在，只是以纯粹的遗迹保存着，供游客游览。唯有友谊关，永远昭示着它存在的意义。

友谊关，初名雍鸡关，建于汉朝，当年马援“立铜柱，标汉界”。设了关口，就必须把守，遥想当年身披铠甲的兵士，手持长矛大刀，驻守在这里，一段段历史刀光剑影，一个个兵士披星戴月，一匹匹战马脚踏荒野，一具具尸骨草丛掩埋。

让友谊关举世闻名、威震四方的是 1885 年 2 月 23 日那场战斗，那场中国近代史上第一次抗击外敌胜利、让中国人扬眉吐气的战斗，当时它的名字叫“镇南关”。

镇南关大捷！这消息像一支强心针，注入到摇摇欲坠的大清王朝

的肌体

二

一个炎热的初夏，我来到广西凭祥，这里是红木家具集散中心，盛产橡胶拖鞋。在这里，我又一次记起高中历史课本上曾经学过的著名“镇南关大捷”，重新敬仰了永载史册的清朝抗击法国侵略者英雄冯子材老将军（1818—1903）。我也第一次接触剑麻这种植物。南友高速（南宁至友谊关）路旁，种植的全是剑麻，朋友边开车边给我们介绍剑麻的特点，只见一丛丛，一株株，一簇簇，浓绿的剑麻叶片，片片坚硬，直指云端。

那翠绿坚硬的剑麻，仿佛赤膊上阵的冯老将军，吟唱着他刚强果敢却又坚韧不拔的歌谣。

想起了曹操的诗篇《龟虽寿》：“老骥伏枥，志在千里；烈士暮年，壮心不已。”

更想起了辛弃疾在 66 岁写了《永遇乐·京口北固亭怀古》：“廉颇老矣，尚能饭否？”不同的是，辛弃疾当年感叹的是自己怀才不遇、报国无门的失望，据说他临终时还大呼“杀贼！杀贼！”，享年 68 岁。

而冯子材将军“英雄有用武之地”，他在68岁时披挂战袍、杀敌无数、老当益壮、叱咤疆场，在中国抗击外国侵略者战争的历史上，写了浓墨重彩的一笔。

三

从南宁到友谊关200多公里的路程，经过两个多小时的车程，汽车行驶到目的地。

下了车，顺着一条小路，我们漫不经心地边走边聊，四处张望。突然一个声音从路旁传来：“不要再往前走了，这里已经是越南了！”

打一个激灵，抬眼望去，红黄色的隔离带已经在前方摆放着。原来，我们已经跨越“零公里”公路界碑，走过“南友公路”的终点，进入越南领地大约50米了。前面，便是越南，一个陌生而又熟悉的名字。

顿时，一种异样的氛围弥漫在空气中。

此时此刻，我们脚踏边界线，一脚站在中国领土上，一脚踏在越南领地上。

转过身来，又往回走了几步，细细地、静静地、稳稳地站在中国国界这边，让有些紧张的心情稍稍放松一下。

一座灰褐色的高大建筑物“友谊关”——矗立在我们面前。城楼的顶部，鲜艳的五星红旗高高飘扬。大红灯笼悬挂在上，与灰褐色城墙形成鲜明对比。城墙砖块有些地方已经脱落，灰白交替，斑驳而悠远。

它雄伟、壮观，却不压抑、沉重，这源于它的名字“友谊关”。上前仔细察看，是陈毅元帅题写的关名。

“友谊”，友好的情谊。

一想起这个名字，你会想到一串串与此相关的话题：想起了世界名曲《友谊地久天长》对友谊的赞美；想起了王维的诗篇“劝君更尽一杯酒，西出阳关无故人”对友谊的眷恋；想起了“海内存知已，天涯若比邻”对友谊的怀念。但是，提到友谊，你也许还会想到战争，因为“友谊”往往是从“战争”中转化而来的，“化干戈为玉帛”“不打不相识”“战争与和平”，是对和平的向往，战争的目的是为了和平。“友谊关”名字便取该意。

站在关前广场的空地上，极目远望，左右两侧山脉蔚为壮观，犹如巨蟒分列两山之麓，气势磅礴，雄关扼守在两山之间，地势极其险要。

静悄悄的山谷里，巍巍的友谊关前，曾经有过怎样不平静的夜晚？在炮火冲天的星空下，在枪林弹雨的深夜里，这里经历了怎样硝烟弥漫的战争？

光绪十一年（1885），中越反法的斗争就在我们脚下站立的土地上打响了，灰色的城墙上的每一块砖石，山上的每一棵树木，都被鲜血浸染过

“唇齿相依，唇亡则齿寒。”清朝时，法国侵略越南，将越南沦为殖民地后，紧接着，法军又得寸进尺，向中国的西南边境进犯，妄图从西南打开缺口，继而占领整个中国。冯子材就是当年著名的抗法将领。

冯子材，出生在广东的钦州，曾经参加过对太平军和苗民军的镇压。所以，在对他的历史记录上，曾经有一笔是“督剿太原、山西、宣光各省的‘贼匪’”。因为在他 17 年的政治生活中，镇压农民革命几乎占了 16 个年头。“冯子材又一次利用人民的鲜血，换来他的主子对他的赏识和提拔。”（《冯子材》毛键予著）

当我读到《冯子材》书中这段话时，微微一笑，因为毕竟书的出版年代是1958年7月，一个特殊的年份。这本只有70页薄薄的《冯子材》小册子，由湖北人民出版社出版，定价 0.2 元，纸张早已发黄。

历史可没有微笑这么轻松。

当年，法国的铁骑踏入中国领土时，“粤东义民，同声激愤”，已经解甲归田的冯子材又一次离粤赴桂，出关杀敌去了。

1885年3月23日和24日，这个日子也让一个白发苍颜的老将军的名字永载史册。23日，是此时此刻我们站立位置的130年前的前一个月，也是这样的潮湿闷热，也是这样的树木葱茏，一个68岁的老将军，带着他的“萃军”（因冯子材生于当时隶属广东、后来隶属于广西，他统率的部队就叫“萃军”），在“山岳震动，风云变色”的夜晚，在火光中，在炮声中，在血泊中，绝杀法军。当敌人像饿狼一样扑向城墙时，这位将近70高龄的老将：

帕首、短衣、草履，手操倭刀，亲率大刀队千人，大呼一跃出墙外，其子相华、相荣随之跃出。

上阵父子兵，在冯子材父子英勇杀敌的鼓舞下，全军感奋，一齐涌出，肉搏冲突，纵横决荡。这时，火器、短刀并进，刀光、硝烟，虏首纷纷落地如堕果，炮声顿寂，横尸枕借。

一个将近70岁的老将军，是怎样站在历史的高度，感悟历史的重负，感悟民族和国家的重托。烈士暮年，壮心不已，生当人杰、死为鬼雄，面对强虏，只有呼啸杀去，“我以我血荐轩辕”。

今天，让我想象复原将军的行为，热血沸腾，却又怅然若失。只好站在景区左弼山山脚下一个当年镇南关战斗场面的雕塑前凝望。

青铜雕塑再现了当年运送大炮的战斗场面。两头牛拉着巨型战炮在半山腰上艰难前行，中间的冯老将军身披战袍、圆目怒睁、凛然正气、振臂高呼、视死如归，清军战士刚强坚毅，奋力推动炮车上山。据介绍，当年的炮台建立在海拔500多米的半山腰上，大炮全是这样运送上去的。

铁骨铮铮的男人们，袒胸露臂，长辫盘头，这是我很少能见到的英勇的清朝军队风貌。尤其是清政府在近代对外政策“量中华之物力，结与国之欢心”思想引导下，一个个丧权辱国的条约便由头顶帷帽、帽插花翎、脑后留着猪尾辫、身着长袍马褂、脑满肠肥的清朝政府官员们手中签署的。

我时常在想：一个人、一个团队、一个民族，什么是他优秀的品德？谁能称得上是灵魂人物？那就是在关键时刻敢站出来、能站出来、沉着冷静并取得最后胜利的人。喜欢 CBA 北京球队中外援马布里，带领北京篮球队开创了“王朝时代”，因为他是球队的灵魂，是统帅，敢于担当，敢于绝杀。在战争年代，这样的灵魂人物显得尤为重要，有多少人平时耀武扬威，侃侃而谈，但是到民族危亡的关键时刻，却不敢担当，选择了躲避或者投降。当年中法战争中的镇南关战斗也有这样的人。

凉山失守后，清政府中就出来一个“长腿将军”—潘鼎新。一路仓皇失措地拼命向关内狂奔，先退到幕府，又退到凭祥，再退到海村，最后退到了龙州。“长腿将军”由此得名，法军狂吠着：“广西的门户，已不再存在。”

边境危急！西南危机！中国危机！

我不知道那时的天空是不是在呜咽哭泣，那时的剑麻是不是在低头羞愧！

正在这一紧急关头，冯子材赶到了龙州。据说，广西和越南的战士以及人民群众，听说冯子材来了，“若得慈母”（《近代中国史料丛刊》）。

在镇南关战役中，“长腿将军”这号人又出现了：

> 负责督办广西军务的苏元春，在这紧急关头，就露出了可耻的丑态。他“怯敌欲退”，就“浼公（冯子材）表兄黄云高，嗫嗫向公言”。这当即遭到冯子材的言辞申斥。冯子材“手拔指挥刀，叱曰‘汝知此地为军法地乎？’”黄云高惶愧惊慌地退出去了。苏元春在夜里又亲自向冯子材再做卑鄙的乞求，借口“我军药弹恐不济，暂退凭祥（比他的原驻地幕府远30里）如何？”冯子材很严肃地教训这位怯敌将军说：“有此长墙不守，凭祥何恃？我退，敌必尾追，左江即非我有矣！我老矣！誓与此墙共存亡！君年较富，请自行，勿乱军心也！”
>
> ——《冯子材》毛健予著

“我老矣！誓与此墙共存亡！”读到这样的文字，我看到了一种决绝，听到了一种振聋发聩的誓言。

正因为有这样声音的存在，才有不可一世的法军惨败。他们“乘黑夜向后撤退，穿过许多不可辨认的纠缠不尽的丛生草地，攀登愈来愈峻的斜坡，抱头鼠窜”“为着可以逃得快一点……并抛弃军官们的行李及堆积在屯梅的粮食和所有的军用物资”，法国侵略者不再作“我们能直捣北京”，中国“万不敢战，四千人可扰七省”的狂吠了，在英勇无畏的中国军民面前，他们卑鄙地哀鸣了：“没有想到中国军……打得这么好。”法国妄图占领中国的野心被打得落花流水。

镇南关大捷，“实历三昼夜之久，然后大获全胜”。“毙匪千余，擒斩数百”“匪尸遍野，器械遗亡”“自越中用兵，未有如此大捷者”“法人自谓入中国以来，从未受此大创”。这是一场扬眉吐气的战斗，在中国近代史上抵御外侵的六次战争中，只有两次取得了胜利，一次是左宗棠收复新疆，一次是冯子材的镇南关大捷。镇南关大捷，也是一次让我长长出了一口气的回忆。因为看过太多的资料、影片，清朝的软弱无能一次次让人心憋屈。记得上初中时，当看完《火烧圆明园》走出电影院，胸闷得几乎喘不过气来。有一年去法国旅游，参观了法国北部马恩省的枫丹白露行宫，这里曾经是法国国王狩猎的行宫，其中有一个中国馆，里面的藏品全部为1860年英法联军抢劫圆明园后的战利品，有中国历代名画、金银首饰、瓷器、香炉、编钟、宝石和金银器等3万多件，记得当时我的心里有一种说不出的滋味。

还好，历史已经过去了；

还好，路旁的剑麻依然高昂着头颅；

还好，天空依然风和日丽。

站在友谊关广场上面，四周静悄悄的，只见象征友谊的和平鸽图案绿草，在半山坡整齐排列着，在微风吹拂下，绿茵茵地闪亮。环顾周边，中越国界的界碑、阶梯界线清晰而分明。曾经的炮火震天声、大刀铮铮声、士兵呼号声，都随着亚热带季风轻飘飘散去了。

遥远左侧左弼山的最高处镇北炮台，若隐若现。右辅山上设立的稍低一点的烽火台，掩映在树木中，依稀可见。据介绍，在右辅山半山腰上，有当年战争的遗骸墓地，俗称“万人坟”。我们的脚力也因历史的凝重而停滞不前，于是，只好在山下遥望，用心灵默默祭奠英勇的战士们。

四

历史的烟云消散了，此时，没有古战场的肃杀，也没有衰草寒烟，只见群山环绕，满目苍翠，人如在画中游，无夕阳的萧条，无登高的疲惫，无满脸的泪痕，眼前的朝阳与绿草、鲜花相映成趣，游人们手中的相机咔嚓咔嚓地响个不停。“军人多，商人少；大炮多，烟囱少；坟墓多，高楼少”，曾经被人们形容的场景早已不复存在，友谊关口岸上人来人往，络绎不绝，小商小贩挑着盛放亚热带水果的篮筐，穿梭其中。中国边检的警戒岗前，一条军犬懒懒地躺在地上，晒着太阳。一辆辆满载货物的卡车从这里出关入关。一切那么祥和，一切那么安然，一切那么悠闲。

朋友告诉我们，1979年中越边境自卫反击战时，主要战场在云南和越南交界的老山前线一带，广西和越南交界这边几乎没有打太多的仗。因为许多广西人和越南人已经通婚，大家一张嘴、一说话就知道是一家人。

或许，中越共同抵抗法军的镇南关大捷，正式开启了这里中越友谊的大幕，才不辜负这座雄伟的“友谊关”的情谊，才使这里的山更幽，草更绿，人更闲。

当年镇南关战役后，1885 年 3 月底，在越北的中国驻军，先后奉诏回国。当冯子材挥泪班师回国时，“越民挽辔乞留，痛哭不舍，随之入境者甚多”（《中法越南交涉资料》）。现在中国广西境内的人群中，又有多少是当年跟随冯将军入境的越南人后裔呢?

一样的天空、一样的土壤，一样的风雨，一样的树木、一样的皮肤。不过，广西凭祥、浦寨街面上，那插着鲜艳五星红旗的门市告诉你:这里是中国，这里是边境。经济上的贸易往来又将中越两国人民紧紧连在一起，越南的沉香木、橡胶拖鞋随处可见。街面上仍然保留有浓郁的法式风格建筑，各种法国牌子的香水味阵阵飘来，混合着南方特有的水果榴莲的味道。人们穿着拖鞋，骑着便捷摩托车，在大街小巷穿行，一切都显得闲散而惬意。

这种悠闲放大着、晕染着，让我们有一种始料不及的欣喜是在友谊关前矗立着一座法式风格鲜明的二层楼房建筑。

“马上相逢无纸笔，凭君传语报平安。”这里，却有着传达信息邮件的邮局。清新、亮丽、黄色的楼房墙面在高大的椰子树映衬下，让人有种愉悦明快的感觉。“大清邮局”四个字端庄舒雅，墙体上雕刻的花纹线条大方简洁。镂空的墙体回廊有一种诗意、诗境，我们穿越徜徉其中，抚摸斑驳的墙面，似乎忘记了曾经炮火连天、曾经血流成河，沉浸在这温情浪漫的法式风格建筑里。

大清邮局门前，种植的朱槿花微微开放，三朵两朵点缀在树丛中，鲜红而热烈。朱槿花，广西自治区首府南宁市的市花，花蕊修长别致，花瓣婉转玲珑，惹人爱怜。据说朱槿花能在很小的石缝中生存，只要有一点泥土、水和阳光，它就能灿烂开放，象征着坚强、热情。

可是，在这里，我不想赞美它，欣赏它，歌唱它，我更愿意来倾听路边剑麻的吟唱。剑麻，它锋利有刺，硬质刚直，不娇嫩、不妩媚，并且有韧性，有筋骨，质地坚韧，耐磨耐用，有着其他植物无法比拟的生命长度和使用价值。曾经到北欧瑞典旅行，参观瓦萨号沉船博物馆，一个在海底沉睡了 333 年的战舰被人们打捞上来，战舰上黑褐色橡木船板和用剑麻做成的白黄色绳索依然粗壮结实，保存完好。

剑麻，顾名思义，其形如剑、直指云端！

曾经呐喊过“我劝天公重抖擞，不拘一格降人才”的龚自珍最喜欢描写“剑”与“萧”：“一萧一剑平生意，负尽狂名十五年”“气寒西北何人剑？声满东西几处萧”，他以“剑”喻报负，以“萧”喻诗魂。剑麻，难道不是一种激越、一种刚强、一种凌厉、一种锋芒又带有一种柔婉、一种坚韧、一种执着、一种风骨吗？

我想冯将军一身戎马生涯，尽管对他的评价褒贬不一，毕竟他是封建社会的一个卒子，效忠他所在的朝廷是他的本分，镇压太平天国和苗军起义也是其身份要求。但是当国家主权和领土遭到威胁践踏的时候，他能挺身而出，视死如归，怀着“不破楼兰终不还”的决心，与敌决一死战。当年他再一次披上战袍出发的时候，时任两广总督张之洞亲自为他设宴饯行。让我们还原历史的镜头，那是一种怎样的画面啊！张之洞长跪在白发苍苍的冯公面前恳请出山，并“以金卮三，跽而酌子材，且曰：‘公饮此以祝公胜利，努力杀敌。不然，无相见期。’子材饮尽谢曰：‘此行不胜，无面见公’遂行”（《冯子材》毛健予著）。

尽管冯子材“病体未愈，乘马足软”，但还是毫不犹豫地担负起保卫祖国西南边疆的大责。我无从找到冯子材将军的画像，不知一个年近古稀之年的老将军在张之洞跪求面前，是怎样端起酒杯，一饮而尽，甚至泪水和着酒水也一并同饮，顺着白花花的胡子流淌下来。本该儿孙绕膝、颐享天年的时候，却再一次披挂战袍，出征沙场。三碗酒下肚，什么也不说了，老将军将酒杯摔碎在地上，披上战袍，拔起寒光闪闪的长刀，转眼消失在茫茫丛林中。

刀剑触碰，火星溅绽，纵纵铮铮，金铁皆鸣！

夜晚冷月清辉下，将军的战刀与剑麻互相映衬，幽幽闪着光，都是那样的醒目，都是那样的逼人。我想起了金庸小说中的武林高手独孤求败，当他的武功到一定程度时，草木竹石均可为剑。不知那晚，又有多少剑麻叶片成为老将军的武器呢？

据说，在广西边防前线某哨所里，种植着一大片剑麻，战士们将自己写的诗句或喜欢的箴言，用刺刀或者竹针刻在剑麻叶上，以剑为纸，赋诗寄情，形成了“剑麻诗林”，这些诗歌后来被人们称为南疆边陲“剑麻诗”，永远浸润着一代代戍边官兵。

焙铸着钢铁般意志
战士的英魂化作了利剑
为复活的戍边勇士
几度枯而又绿的叶
成就了这个春天的绚烂

或许剑麻的风骨正是战士们的性格，因为正是有了这些铁骨铮铮的男儿，才有边界疆域的和平。所以，中国这么多关名，只有“友谊关”才能把它作为关口的价值升华；在流水般的守关卫士中，只有新一代的军人才能把关口的历史写得如此辉煌。

这难道不是冯老将军精神的一脉相承吗？

为了抵御外国侵略者，当年老将军就如同剑麻般坚硬地凛然于法军面前，浴血奋战，将自我的力量发挥到极致。这一切都是为了民族的利益、民族的尊严。

返程当晚，与友人相约晚餐。我不善饮酒，而此刻，我却想端起酒杯，这酒杯承载着历史，承载着和平，更承载着友谊。

借历史的杯盏，来浇当下人心中块垒，站在不能遗忘、拒绝遗忘的高度，与我们共饮历史中的苍凉之美。

——耿立《无法湮灭的悲怆》

2015 年 6 月 2 日

悠悠湘西情

一

“为了等你，我寂寞了千年！”凤凰古城就这样与我在一个清冷的下午相遇。

我不远千里来寻找你，不顾在火车上的一夜未眠；

我找遍玩伴来邂逅你，来一场说走就走的旅行；

我带着北方初冬的干冷，在这里却又相遇南方初冬的湿冷，为了与你相遇，我义无反顾；

你偏远，但不寂寞，你寒冷，但不无情；

你像那只背依青山、酷似一只展翅欲飞的凤凰，张开双臂，迎接了我们！

当踏进凤凰古城的一瞬间，我便喜欢上了你。尽管已经渐进黄昏，但是，古城里的建筑却让我心中一阵惊喜。古城里基本上有两种色彩的建筑群，一种是黑瓦白墙的徽派建筑。只见层楼叠院、曲径回廊、高墙翘角，每一座楼房的屋檐檐口上面都雕刻了一只张开翅膀的凤凰。另一种是紫红砂石砌成的阁楼群，楼群不论是木雕还是石雕，都那么精细，那么动感。夕阳下的凤凰城，紫红色温情脉脉，灰白色的典雅含蓄，像流星划过夜空闪烁着迷离柔美的光与影。

悠悠走在古镇的青石板路上，窄窄的，弯弯的，石子路面的巷道曲折幽深。

原籍新西兰、在中国居住了十年的艾黎老人，曾称：中国有两个最美的小城，一个是湖南的凤凰，一个是福建的长汀。

长汀，可惜我还没有去过，而凤凰，已经深深印在心里。

凤凰古城，那么富有诗意的名字，那么清新秀雅，那么浪漫高贵。

传说“凤凰之名因山受”，凤凰山处于群峰之中，形态若鸟，振翅展飞，故名为凤凰山，凤凰城由此得名。同时我想起了“凤求凰”的历史典故，“款款东南望，一曲凤求凰”，当初卓文君只为一曲琴音《凤求凰》便与司马相如私奔，“雪夜私奔”“当垆卖酒”“白头兴怨”被传为千古佳话。卓文君不是湘西女子，但是她用这种欲擒故纵方法又重新获得了爱情，而湘西女子的爱不用拐弯抹角，她们的爱更直接、更执着、更大胆、更热烈，这就是“情蛊”一你永远离不开我。

湘西三大谜——“赶尸”“放蛊”和“辰州符”。遥远的“赶尸”习俗已经不复存在，尽管有这样那样的说法，有人说是贩毒团伙为了遮人耳目，有人说是当年利用“赶尸”护送红军的做法，但在清朝就出现的“赶尸”现象一定有它的土壤，想必那是叶落归根的家乡人灵魂感应。在偏僻的山区小路，寂寞的荒野中，照亮前行道路的定是家中那盏油灯。“辰州符”是湘西巫师们的符咒，世代相袭，传男不传女，典型的例子是祭祀中的“上刀山下火海”。“放蛊”是将各种毒虫集中在同一器皿之中，任其互相袭击与吞食，最后存活下来的就是蛊，即毒虫之王。据说“放蛊”传女不传男。让年轻男子心惊肉跳的“情蛊”更是湘西阿妹的一片深情，你可以暂时离开我，但你一定会回来，因为我的情已经将你紧紧牵挂，我的爱已经将你牢牢吸引。这就是湘西阿妹的蛊，敢爱，天翻地覆，敢恨，覆水难收！

同样，湘西阿哥的爱也那么执着、那么专一、那么热烈。

有一个湘西男子，出生在凤凰，写过一句让任何女人读了都会心动的诗篇，他说：“我行过许多地方的桥，看过许多次数的云，喝过许多种类的酒，却只爱过一个正当最好年龄的人。”

他就是被誉为“凤凰之子”的沈从文（1902–1988）。

漫步来到一个小小的院落，这里就是沈从文故居，站在沈从文故居的小屋前，很难想象这小小的院落，简单的陈设，这里没有楼群矗立，

没有飞檐雕刻，没有匾额高悬，没有奢华器皿，只有已经褪了色的旧木质家具，沉静地摆放，写字台、木椅、书柜、留声机，墙上悬挂了几张黑白照片，照片中的男子，清瘦的脸，温文尔雅，戴着一副圆边眼镜，略带微笑，透过眼片，眸子里闪烁着和善、睿智、沉稳的光，旁边的女子亦相貌清秀、贤淑和蔼。

他们就是沈从文和张兆和夫妇。

风景秀美的湘西小镇、玲珑剔透的山水画廊、质朴纯洁的风土人情、人性甜美的凤凰古城，养育了著名的文学家沈从文。可想而知一个秀气文雅的男孩是怎样在悠长婉转的歌声中放飞思绪的翅膀，或许门前那条曲折蜿蜒的小道就是他意味深长的思索和想象，或许不远处沱江的波光桨声中，小船悠悠的摇荡中，都一并融入了他那如梦如幻的湘西边城的倩影中。

漫步在庭院，仍然能感到故居里那种流溢着书香的宁静和超逸，那种气韵一直荡漾在故居的每个房间、每个角落。

沈从文一生中出版各种作品七十多种，五百多万字，他的作品被翻译成多国语言，并曾在1987年、1988年入选诺贝尔文学奖，遗憾的是，沈从文在1988年5月100去世，因此诺贝尔文学奖终身评委、汉学家马悦然曾说过：“我1985年被选进瑞典学院，做诺贝尔文学奖的评委，那个时候我认为沈从文会得到诺贝尔奖。要是沈从文那个时候还活着，活到1988年10月份就肯定能得奖。”

二

有了历史的风景，风景也仿佛延伸了许多，有了人物的风景，风景也仿佛灵动了许多。

一方水土养一方人士，一方人士孕育一种理念，一种理念诞生一种哲思，一种哲思又传递于一方山水。来到湘西，真正感受到这里奇崛的大山，缭绕的云雾，密匝的森林，让人想起《乌龙山剿匪记》中激烈残酷的战争，也让人想起遥远的“赶尸”诡异与苍凉。湘西大地的神秘，更有吊脚楼的歌声、土司拥有的初夜权、女孩出嫁要哭的“哭嫁”、死了人要唱歌的“跳丧”……

湘西，一个以苗族、土家族为主的少数民族聚集地。“言语饮食，迥殊华风，曰苗，曰蛮。”（《清史稿》）历史对他们来说不太公平，一直被当作“蛮夷”看待。传说蚩尤是苗族的祖先，炎、黄二帝大战蚩尤于涿鹿。伴随着这种蔑称，苗族在历史上被迫不断向崇山峻岭迁徙，共经历了五次大迁徙。“世界上有两个苦难深重而又顽强不屈的民族，他们就是中国的苗人和分布于世界各地的犹太人”，这是澳大利亚人类学家格迪斯的一个著名论断。

沈从文，就出生在这样一个湘西古镇上—凤凰古城。凤凰古城始建于明嘉靖三十五年（1556），沈从文的祖母是土家族人，父亲沈宗嗣是汉族，一身武艺，长期从事军中生活，一生的梦想是做一名将军，曾担任贵州提督。母亲黄英则是苗族人，聪明、能干、吃苦耐劳，是凤凰古镇当地第一个会照相的女子，她也是我国著名画家黄永玉祖父的妹妹，所以按辈分排，沈从文是黄永玉的表叔。

沈从文从出生到 15 岁，一直在凤凰生活，童年的他，顽皮淘气，经常逃学，只上了小学，后来母亲看他不是读书的料，希望通过当兵取得一定功名，于是托人让他当了一名补充兵。少年的沈从文离开凤凰，跟着部队来到了沅陵（即辰州），从事一些伏案抄写公文的工作。沈从文原名叫沈岳焕，当时有一个颇有学问的军法长给他改了名字，军法长说“焕乎，岂有文章？”语出《论语·泰伯》，意思是尧以无为天道治天下，天道无以名，只有功业文章，巍然焕然而已。沈从文看来真是改对了名字，从此他弃武从文，与文字结下了不解之缘。

1922 年夏天，沈从文受“五四”新文化的启蒙，离开了故乡，只身一人来到北京。刚到北京的沈从文，只有小学文化，考学考不上，投稿没人用，白天在北京大学旁听课，晚上躲进自己“窄而霉小斋”，抱着从湘西带来的一本《史记》苦读。1924 年，生活极度困难，穷困潦倒的沈从文尝试着给郁达夫写了封求助信，在一个大雪纷飞的天气，郁达夫竟然来处所看他，一推门，发现穿着单衣单裤的沈从文用棉被裹着两腿，坐在凉炕上，正用冻得红肿的手提笔写作。郁达夫把自己的羊毛围巾给他围上，又请他到饭馆吃了一顿饭，这顿饭共花去一元七毛钱。郁达夫拿出五块钱付了账，将找回的三块多钱全给了沈从文，一回到住处，沈从文禁不住伏在桌上哭了起来。之后，郁达夫把沈从文介绍给当时著名的《晨报副刊》的主编。一个月后，沈从文的处女作《一封未曾付邮的信》在《晨报副刊》上发表了，从此开启了文学创作。

在沈从文的一生中，对湘西、对凤凰，永远充满了的思念和厚爱。他用深情的笔墨诉说这里，写下了湘西家乡美丽的风景、美好的人性、美妙的乡情，他通过湘西风土人情来表现诸如生与死、爱与欲、永恒与变化等普遍性的问题。他把所有的理想给予这里，无论在地理上还是精神上，这里都是他用一生的情感守望的故园。如果没有沈从文，也许养在深闺里的凤凰便无人识，沈从文被誉为“凤凰之子”当之无愧。通过他的作品，改变了人们对湘西落后野蛮、愚蠢贫瘠的一些旧观念，因此沈从文曾经说过：“我的目的只在减少旅行者不必有的忧虑，补充他一些不可免的好奇心，以及给他一点来到湘西为安全和快乐应当需要的常识，能对这边鄙之地给予少许值得给予的同情。”（《湘西题记》）通过他的作品，使人们还对那种优美、健康、自然又不悖乎人性的人生形式有了全新的认识，那种自由自在的人性情感和无拘无束生活环境、那种人与人之间互相信任友善，持有一种欣赏、向往和认可，在当时中国20世纪30年代，传统文化与新文化交汇变革时代，带来一个新地域、一种新观念的启迪和审视。尤其是他的中篇小说《边城》的发表，使湘西文学成为不可小觑的一缕清风，荡漾在旧中国的文坛，通过他写乡下人物喜怒哀乐中，展示了中国道德情操的一个侧面。汪曾祺说它是一部温暖的作品，是一部怀旧的作品，这股暖流，流淌在沈从文的笔头，也流淌在《边城》的字里行间。尽管小说《边城》描写的是茶峒，距离凤凰古镇150公里，不过都在湘西一带，两地的风土人情都是一样的。

1933年到1934年，沈从文离开家乡10年后的一次湘西之行对他的写作产生了很大的影响，他对宁静明朗的湘西边城一往情深，这10年，他独自在外漂泊，先到北京，又去上海，后来又去青岛，初到城里的拮据、自卑、难堪和种种不适，以及城里人的傲慢、偏见、混乱和虚伪，让他对家乡产生了异常的眷恋和热爱。《边城》写于1933年，那时，他已经结婚，经过四年的苦苦追求、写了无数封情书、比他小八岁的学生张兆和终于成为自己的妻子。他在北京婚后的新家里，坐在院子枣树和洋槐树下斟字酌句地写，心里充满了对家乡不可言说的温情，他珍爱着这里的一切：白塔溪水、竞渡的龙舟、飘动的情歌和单纯的人际关系，小说里夹着他的情感娓娓道来这一切的和谐共处。

那条河水便是历史上知名的酉水，新名字叫白河。白河下游到辰州与沅水汇流后，便略显秽浊，有出山泉水的意思。若溯流而上，则三丈五丈的深渊皆清澈见底。深潭为白日所映照，河底小小白石子，有花纹的玛瑙石子，全看的明明白白。水中游鱼来去，全如浮在空气里。两岸多高山，山中多可以造纸的细竹，长年做深翠颜色，逼人眼目。近水人家多在桃杏花里，春天时只需注意，凡有桃花处必有人家，凡有人家处必有沽酒。夏天则晒晾在日光下耀目的紫花布衣裤，可以作为人家所在的旗帜。秋冬来时，房屋在悬崖上的，滨水的，无不朗然入目。黄泥的墙，乌黑的瓦，位置则永远那么妥帖，且与四周环境极其调和，使人迎面得到的印象，实在非常愉快。一个对于诗歌图画稍有兴味的旅客，在这小河中，蜷伏于一只船上，作三十天的旅行，必不至于感到厌烦，正因为处处有奇迹，自然地大胆与精巧处，无一处不使人神往倾心。（《边城》）

沈从文从小是一个顽童，嬉戏打闹，下河上山，捕鱼抓鸟，经常逃学，只在凤凰古镇的文昌阁念完小学就再没有接受教育，正是这样的经历，让他获得了最大的生活体验，他亲近自然，热爱自然，根据美学经验把大自然本身完全人格化。他喜欢这里的山山水水，喜欢这里原始化的风土人情，没有被儒家伦理道德加以约束的当地特有的人和自然的风光，完全是一片中国气派。他的散文，尤其是写乡土文学的散文与城市相比，写得非常干净，非常明快，没有咬文嚼字，也没有陈词滥调，完全取材于活生生的乡村田园诗般的作品，细致入微、生动形象、丝丝入扣、身临其境。“羊还固执的鸣着。远处不知什么地方有锣鼓声音，那一定是某个人家禳土酬神还愿巫师的锣鼓。声音所在处必有火燎与九品蜡照耀争辉。炫目火光下必有头包红布的老巫师独立作旋风舞，门上架上有黄线，平地有装满了谷米的平斗，有新宰的猪羊伏在木架上，头上插着小小的五色纸旗，有行将为巫师用口把头咬下的活生公鸡，缚了双脚与翅翼，在土坛边无可奈何的躺卧。”（《鸭窠围的夜》）

沈从文笔下的人物大部分是社会最低层的人，船夫、水手、士兵、妓女、小商小贩等等，他们老实憨厚、纯朴善良、性情纯真、简单厚道，尽管有时候说些粗话、野话，但是话粗理不粗，即使是有矛盾，一顿酒、一顿饭解决问题，甚至来一场较量，“不打不相识”。他们重感情、光明磊落、简单平实、不占便宜、不要阴谋、寂静单纯，如《边城》中的爷爷、翠翠、顺顺，大老、二老，甚至是无名的屠户也都性情温暖，明事讲理，甚至有着淡泊生活中在人际关系中不加计较的道德。

走到卖肉案桌边去，他想“买肉”，人家却不愿意接钱，屠户若不接钱，他却宁可到另外一家去，决不想占那点便宜。……卖肉的明白他那种性情，到他称肉时总选取最好的一处，且把分量故意加多……

由于边地的风俗淳朴，便是作妓女，也永远那么浑厚，遇不相熟的人，做生意时得先交钱，再关门撒野，人既相熟后，钱便在可有可无之间了……

再看他们的爱情：

车是车路，马是马路，各有走法。大老走的是车路，应当由大老爹爹作主，请了媒人来正正经经地同我说。走的是马路，应当自己作主，站在渡口对溪高崖上，为翠翠唱三年六个月的歌。

即使是兄弟两人同时爱上了一个姑娘翠翠，他们也是这般的可爱、这般的善良，且看他们是这样处理的：

二老想出了个主意，就是兄弟两月夜里同到碧溪岨去唱歌，莫让人知道是弟兄两个，两人轮流唱下去，谁得到回答，谁便继续用那张唱歌胜利的嘴唇，服侍那划渡船的外孙女。大老不善于唱歌，轮到大老时仍然由二老代替。两人凭命运来决定自己的幸福。

这种处理方法简直让人目瞪口呆，是那么的不可思议，没有普希金式的决斗，没有大观园里的龌龊，这种田园牧歌式的爱情，只有在淳朴厚道、以歌传情的湘西才会出现。

后来沈从文又写了一系列关于湘西生活习俗的作品，他们有着自身的勇敢、雄强、热情、善良、纯朴、忠厚的品格和气质，伴随着这些，是他们主体精神蒙昧的缺点和不足。同时沈从文也描写了战争给这片净土带来的伤害与灾难："我认识他们的哀乐，这一切我也有份。看他们把每个日子打发下去，也是眼泪也是笑，离我虽那么远，同时又与我那么相近，这正同读一篇描写西伯利亚的农人生活动人作品一样，使人掩卷引起无言的哀戚。我如今只用想象去领味这些人生活的表面姿态，却用过去一分经验，接触了这种人的灵魂。"（《鸭窠围的夜》）

沈从文经常说自己就是乡下人：

我实在是个乡下人……乡下人照例有根深蒂固永远是乡巴佬的性情，爱憎和哀乐自有它独特的式样。与城市中裁然不同！他保守、顽固、爱土地，也不缺少机警却不甚懂得诡诈。他对一切事照例十分认真，似乎太认真了，这认真处某一时就不免成为傻头傻脑。（《从文小说习作选》代序）

沈从文也不善言谈，不像有的作家侃侃而谈、口若悬河，他有时候非常木讷。1928年，胡适正在担任上海公学校长，同意聘请沈从文担任大学部一年级现代文学选修课。第一天登台授课，沈从文紧张得竟然在黑板前站了将近10分钟说不出话，后来终于开口后，却急促地讲解，预定一小时的授课内容，不料十多分钟把要说的话又说完了。最终，他只得拿起粉笔，在黑板上写道：我是第一次上课，见你们人多，怕了。

这就是可爱的沈从文，脸上永远带着天真笑容，一张娃娃脸，一双清澈的眼睛。沈从文真的认为沉默是一种幸福，他认为沉默增长了对人事的思索力，增加了梦想，他描写了乡下人“愚蠢”的沉默和“傻子”式的微笑正是他们精神上能够欢天喜地的原因。他笔下乡下人灵魂是健康的，有尊严的，自然的，因为大自然给人们创造了一个积极的、生机勃勃的、让人心情开朗的环境，这是城里人无法比拟的。

曾读过见过这样一段记载，说：

先生（指王阳明）游南镇，一友指着岩中花树曰：“天下无心外之物，如此花树，在深山中自开自落，于我心亦何相关？”先生曰：“你未看此花时，此花与汝心同归于寂，你来看此花时，则此花颜色一时明白起来，便知此花不在你的心外。”

“吾心即宇宙。”你心中有什么，你的世界就是什么样的。沈从文心底是简单的，是善意的，是纯朴的，是敞亮的，甚至是愚直的，他有时候是理想主义者，认为到处皆是美。他笔下的人物也不会说谎，不会作伪，是真实的，是纯粹的。所以他的文章也是天然清丽，朴实无华的。

沈从文喜欢水，他常常说到水与自己生命人格的不可分：

水的德行为兼容并包……水的性格似乎特别脆弱，且极容易就范，其实则柔弱中有强韧……水教给我黏合卑微人生的平凡快乐，并做横海扬帆的美梦，刺激我对于工作永远的渴望，以及超越普通人功利得失、追求理想的热情洋溢。

——《沈从文散文选》

也许是沱江悠悠的水榭给了他人生的启迪与感悟，也许是苗族、土家族的血脉给了他坚韧的品格，也许是儿时无拘无束的自由发展给了他不喜欢依附于任何组织的独立个性，也许是当兵的经历使他骨子里有着军人的倔强与不驯，这些经历和性格在以后的日子里也带给他不知是福还是祸的命运。1946年内战全面爆发，他不希望看到战争带给人民的是无尽的灾难，一种强烈的反战情绪在沈从文心里迅速生长，他将重造民族生机的责任寄托在非党派、非集团的学有专长、有“理性”的知识分子身上，被称为游离于任何政党之外的“第三种人”。他一直担任《大公报·文艺副刊》的主编，想法设法把文学独立于政治之外。后来，沈从文被界定“桃红色文艺”的作家，他想不通自己什么时候成了与人民为敌的“反动派”。1949年是他极度痛苦的一年，当年3月，他两度自杀获救后，住在一个精神病院疗养，一度神志不清、理智迷乱，天天喊着“回湘西去，我要回湘西去”；1953年，开明书店通知他，由于“内容过时”，他的书尽数销毁；1954年，从香港传来消息，他的“所有作品在台湾均禁止”。一个不肯随波逐流的人，一个特立独行的人，做了一个时代的牺牲者。

后来，沈从文不再从事文学创作，转向了文物研究，再后来在周总理的提议下开始进行中国古代服饰研究。“文革”时，被下放到湖北“五七干校”，拔草、打扫厕所，研究中断，后来回到北京，沈从文投入了前所未有的精力和时间，继续这项工作。1979年，在经过整整16个春秋后，包括20余万字、数百幅实物图像的《中国古代服饰研究》巨著终于问世。后来沈从文在中国、在世界引起了广泛的关注和兴趣。1988年5月10日，沈从文与世长辞，四年之后，他的骨灰被接回到他的故乡，一半撒入家乡的河流—沱江，一半掩埋在凤凰南华山麓。这位从凤凰古镇走出来的儿子，终于与家乡的山山水水融为一体，日夜守护。

三

亭台依旧，年华逝水，属于这片土地的一切记忆，一切真善美，一切梦想和爱，都随着他的离去而化为永恒。千载之后，它们依然会深深感动那一个时代的人，不远千里，前来追寻。

悠悠湘西情，漫步在古镇上，被这里特有的气息所感染，所吸引。

那吊脚楼上，可否有阿妹深情的歌声？

那苗烈酒里，可否有阿哥执着的爱情？

那古城墙上，可否有炮火连天、万箭齐发的雄壮和威严？

那杨家祠堂，可否有一门忠烈、热血澎湃的激情与壮烈？

华灯初上，夜晚的凤凰古城才是最美的时候，明月爬上东岭，月影坠入江心，水面上泛起金色的光晕；两岸依山傍水、错落有致、鳞次栉比，层叠而上的吊脚楼映入眼帘。不同颜色的灯光倒影在沱江水中，闪着道道波纹。夜色中，泛舟沱江，夜游虹桥，江水汩汩流淌，虹桥静卧前川，凤凰古镇在黄昏的灯影下更加摇曳迷离。沈从文曾对古城做这样的描述“落月黄昏时节，站到那个巍然独立在万山环绕的孤城高处，眺望那些远近残毁的城堡，还可依稀想见当时角鼓火炬传警告急的光景”。

过城门、穿街道、观故居，游人摩肩接踵，今天的凤凰古镇已经成为人们观光旅游的好去处。只见街面上霓虹闪烁，音乐四起，手鼓阵阵，芦笙萧萧，穿着民族服饰的姑娘们走在街头巷尾，个个秀美端庄，夜晚的古城绚丽而华美，咖啡吧、酒吧热闹喧嚣，叫卖声此起彼伏。尽管此时古城商业气息很浓郁，但是，谁又能怀疑那茶峒里、碧溪岨旁连一个铜板也不多要的祖孙撑渡船人的纯朴呢？谁能怀疑爱上同一个姑娘的兄弟俩善良的感情呢？

美人倚窗，姜汤飘香，蜡染着装，凤兮求凰。

沈从文谈及《边城》时曾说：“我要表现的本是一种‘人生的形式’，一种‘优美、健康、自然而又不悖乎人性的人生形式’。我主意不在领导读者去桃源旅行，却想借重桃源上行七百里路，酉水流域一个小城小市中几个愚夫俗子，被一件普通人事牵连在一处时，个人应有的一份哀乐，为人类‘爱’字作一度恰如其分的说明。”可边城毕竟不是庄子纤尘不染的姑射山，也不是人人怡然自乐的理想园。人世间的悲伤离别还是毫不留情地闯入这个小城，给那里平和的生活抹上了一层阴影。高高的白塔倒了；慈爱的爷爷也在那个夜晚离开了人世；温顺的河流绝情地咆哮起来，吞没了大老，送了二老，爱情也随之逝去了，独把可怜的翠翠丢在河边……

“这个人也许永远不回来了，也许’明天’回来！”《边城》结尾这句意味深长的话让人浮想联翩……

曾经看过一篇文章讲：如果说《边城》代表的是“落后”，现代化的都市代表的是“先进”，那么沈从文选择的是“落后”。这样的“落后”的实质含义是作者渴望回归并守住在现代文明摧残下风雨飘摇的精神家园。他流露出的远离世俗的现代化的倾向，是在提醒读者，无数的“湘西边城”正被现代化疯狂地侵蚀着。当然，历史是发展变化的，古镇也会随着时代潮流发展的，今天的凤凰完全是一种全新的湘西风情，已经成为国家历史文化名城，湘西的“边墙”已经被认定为“南方长城”，到凤凰旅游的人们与日俱增，围绕凤凰旅游出现的问题也很多很多。不过，锄头草房守不住了，但可以守住人性最简单的美好；

小城的宁静守不住了，却仍可以守好心中绘下的那张画面。如果不能重建，就请深刻怀念。

历史那么厚重，厚重到如长城守护；历史又那么轻盈，轻盈到如烟雾缥缈。神秘的湘西就在我们从来没有见过的朦胧雾气中渐行渐远，那种雾，弥漫在漫山遍野，弥漫在鸿蒙宇宙，浩瀚无边、气势恢宏，我们也像仙人一般的腾云驾雾，缥缈在山水间，仿佛春秋时期著名纵横家鬼谷子在此出神入化、欲与成仙；又仿佛战国时被放逐的楚国诗人屈原曾在此流连，似乎遥望到他在沅水江畔披发行吟，看见了《楚辞》中描写的山精洞灵。当然，带给我们更多的是湘西的柔美与葱茏、古朴与典雅、朦胧与静谧。于是，在回家的路上，我一直怀念睡梦中将翠翠姑娘的灵魂轻轻浮起的湘西歌谣……

（文章中沱江的照片由王延老师提供，表示感谢）

2014 年 11 月 17 日

遇见“醉”美的南宁

你问：春天应该是什么？

我说：春天应该是五颜六色花朵的颜色。

你问：春天应该是什么味道？

你问：春天应该是什么感觉？

我说：春天应该是潮湿润泽的感觉。

于是，我在隆冬过后初春的一天，一路向南，向南，寻找春天的脚步。

但是，迎接我的是夏日炎炎。

无奈，只好收起春的矜持，一头扎进夏的热浪。

尽管是匆匆邂逅，但是那花、那水、那绿，已经轻轻地、静静地印到脑海里。

广西，有约，也无约。

就在这次来之前的一个月，已经和姐姐约好报名参加旅行社的广西游，终因我的持续感冒咳嗽发烧而放弃。我苦笑着对姐姐、姐夫说："钱已经不能退了，你们两人替我去看看吧！"

姐姐传回了漓江水墨画般朦胧的照片，像古代女子披着朦胧的轻纱，隐隐绰绰，朦朦胧胧。美是美，可是，我却没有看到水汽的氤氲缥缈，没有听见刘三姐的歌声。

我需要的是一种强烈的自我体会、自我感觉的意识。

于是，我来了。

在这个炎热潮湿的下午，一个桃红柳绿、青翠欲滴的下午，来到了地处亚热带气候的广西壮族自治区的首府——南宁。

湿润的空气迎面扑来，满眼的花朵竞相绽放。

一片翠绿，不知名的树种沿街排列，郁郁葱葱。摊位上各种亚热带水果在太阳照耀下亮闪闪的，散发着诱人的香味。朋友告诉这个季节是被称为"水果之王"榴莲的成熟之际，转了一圈却没有找到，难道是因为气味原因在隐蔽处存放？一问，几个瘦小黝黑精明能干带着广西人典型特征的商贩却说："没有，太贵了，我们摊位不进这种水果。"

没有美食，好吧，那就用美景来装饰这个世界吧。

当踏上位于南宁市东南面约五公里处的邕江江畔青秀山风景区的小路时，衣衫已经湿透。

徜徉、徜徉，留恋在这难得的风景如画的空间吧，呼吸着湿润清新的空气，据说这里被誉为"南宁市的绿肺"。

多么形象的比喻！

听当地人说，此时正值广西的"回南天"，潮热中夹杂着水汽，屋子里墙壁上挂满串串水珠，地面上更是像刚刚泼洒了水似的难以下脚。湿漉漉的空气湿漉漉的心，想起了一句歌词—"潮湿的心"。

苍翠的绿色在这种湿漉漉的氛围中显得更加湿润，更加显眼。过长廊，绕山坡，穿竹林，随着旅游观光车的前行，移步换形，一路的风景紧紧相随。山上林木茂盛，遮天蔽日，清风吹过时，发出海涛般的声浪。

突然，一座青灰色的塔掩映在绿树丛林中，高高矗立在我们的面前，阳光透过密密树枝，若隐若现闪烁。塔前，有一座高大的石碑，碑体上方雕刻着活灵活现“二龙戏珠”图案，并刻有“龙象”二字，碑体正面用篆体书写“重建龙象塔碑记”，碑文字体凝重端庄，浑厚宏伟，碑体下端雕刻四只大象图案。整个石碑大方庄重，寓意深刻。

原来，这就是青秀山风景区内最著名的龙象塔，取其立于青山龙脉上、面对五象岭之意，也寓意“水行龙最力、陆行象最力”之意。

碑文介绍，该塔是明朝万历四十七年（1619），南宁市人萧云举高中进士并担任朝廷吏部侍郎后所建。1937 年 8 月，当地政府怕此塔成为日机轰炸南宁的目标，下令将塔拆除。1985 年，南宁市政府按明代建筑风格重新建龙象塔，高十多丈，八角九层，重檐砖结构。

走进塔旁，仔细观望，塔顶部为绿色琉璃瓦，每层翘角下均悬挂铜铃，据介绍共有 72 只铜铃。

在这幽静的园子里，伴随着青竹绿柏，红花吐蕊，灰砖碧瓦，风铃悬挂，无奈没有晏殊笔下“昨夜凋碧树”的强劲西风，故未曾见到风吹铜铃，阵阵作响，甚至在这个“回南天”的季节，风铃仿佛也带

着水汽，沉沉的，闷闷的，无清脆悦耳之声。试想，如果风吹铃动，八角九层，共72只风铃同时作响，如果在夜深人静的夜晚，该有着怎样壮观的场景！那情形，那气势，绝对不是“黄昏寥寂静降临，佳人离别常恻恻。挂月随映落满屋，天涯相隔系铜铃”的哀婉，而是在此地，在龙象塔上，它会伴着龙吟，伴着象行，天马行空、气吞山河！想象广西南宁的进士萧云举，当年中举后是怎样的意气风发，担任吏部侍郎后更是雄心勃勃。明朝的吏部侍郎相当于现在国家人事部副部长，部长级别的干部还是风光得很。真佩服他选的地方，山清水秀，绿树成荫。

入塔登高，沿着207级旋梯而上，从一楼上到九楼，天气炎热，人已经气喘吁吁，汗流浃背，好在台阶阶梯数量的设计是随着楼层的增高而递减，这样就有更多的力量拾阶而上。另外每层均有窗户，而且每一层窗户的角度都不同，也可以在每层停歇时临窗而望，俯视窗外风景，以减轻疲劳之意。

这天，雾气蒙蒙、弯弯曲曲的邕江在南宁市穿过，一片朦胧，一片水汽，升腾在两岸上。近处的青秀山郁郁葱葱，秀美壮丽，远处的南宁城区高楼林立，一派繁荣。

沿着风景区内的景观路前行，来到了千年苏铁园。高大挺拔的铁树直插云霄，据说这里苏铁种类有50多种，是全国景观最好、树龄最老、胸径最大、植株最高的苏铁专类园，其中最大年龄的“苏铁王”已经有1360多年的树龄。

为什么叫“苏铁”呢？由于时间关系没敢问同行的朋友，也是怕自己孤陋寡闻，始终没有开口。

回来之后，一查资料，才知道铁树为什么姓“苏”！

原来，苏铁的“姓氏”来源于苏东坡。

苏东坡为人正直刚强，做官公正廉明，因得罪了朝中奸臣，便被陷害贬至海南岛，奸臣高兴地说：“哼！想要从海南岛回来，除非铁树开花！”苏东坡到了海南，当地人听说他就是威武不屈、富贵不淫、并善写诗词文章的苏东坡时，都非常尊重他。有一天，一位老者托人带了一株盆栽给他，苏东坡不知为何树，待老人给他说了金凤凰不屈淫威被活活烧死变成铁树的传说后，才明白老者的用心良苦。他想：是啊！我苏东坡行得正立得直，就像铁树一样，有何惧奸臣的诬陷呢！从那以后，苏东坡精神大振，常常替铁树施肥浇水，终于有一天铁树竟奇迹般地开花了，这花虽不娇艳，却显得英武庄严。不久，皇帝便传来让他回京的指令。苏东坡离开海南时，谢绝了当地人送的所有礼物，只把铁树带回了中原。自此以后，铁树便在中原开始繁衍，人们也亲切地称之为“苏铁”。

这就是旅行社导游的版本一“苏铁”的来历。

怪不得铁树生长得如此顽强，那密密匝匝的树叶条条笔直尖细，阳光从树丛中洒下来，如巨伞，如华盖，灰褐色的树干几乎看不见水分，有些树根甚至像是枯萎的样子，但是它有着极其强壮的生命力，它顽强、执着、豁达，承接日月之光辉，吸纳雨露之精华，寒来暑往，四季轮回，每个季节都不会改变容颜，永远是那么翠绿，那么挺拔。不管风雷闪电，仍然不屈不挠，它撑开巨大的臂膀，为人们遮风挡雨，送来清凉，恩泽四方。正如苏东坡形迹江湖几十年，“心似已灰之木，身如不系之舟”，尽管屡遭排挤被贬，但是他从未屈从于权贵，从未谄媚豪权，他心系黎民百姓，从黄州到惠州再到儋州，他视百姓如父母，为官一任，造福一方，“问汝平生功业，黄州惠州儋州”，与民同忧、与民同乐，永远那么坚韧，那么顽强，像铁树一样刚直不阿。

枝枝蔓蔓的树叶啊，你可知道东坡的心思？“莫听穿林打叶声，何妨吟啸且徐行。竹杖芒鞋轻胜马，谁怕？一蓑烟雨任平生。”任何境遇，都能处之泰然，只有坚强和洒脱才能不负平生之志。

密密匝匝的枝条啊，你可理解东坡的心情？“缺月挂疏桐，漏断人初静。时见幽人独往来，缥缈孤鸿影。惊起却回头，有恨无人省。拣尽寒枝不肯栖，寂寞沙洲冷。”细品诗词，不难看出，“优美的诗文，是对凄苦的挣扎和超越”（《苏东坡突围》余秋雨著）。

你善良，你厚道，“吾上可陪玉皇大帝，下可陪卑田院乞儿。眼前见天下，无一个不好人”。

你豪迈，你乐观，“有笔头千字，胸中万卷，致君尧舜，此事何难”。你重情，你念旧，“十年生死两茫茫，不思量，自难忘……料得年年肠断处，明月夜，短松冈”。

你诙谐，你幽默，“溪女方偷眼，山僧莫皱眉，却愁弥勒下生迟，不见阿婆三五少年时”。

你的胸怀如天空般广阔，“一点浩然气，千里快哉风”。

你的品格像铁树般顽强，“酒酣胸胆尚开张，鬓微霜，又何妨……会挽雕弓如满月，西北望，射天狼”。

你常常喝醉，醉得那么潇洒，那么得意，“江湖常在眼，诗酒事豪纵”“岂知入骨爱诗酒，醉倒正欲蛾眉扶”，你常常酣睡，睡得那么香甜，那么自在，“四肢无一不稳定处”“四肢百骸，无不和通”，你热爱生活，自信旷达，富于激情，将枯燥的生活赋予其乐趣，将艰苦的环境赋予其乐观，渔樵耕读，美食美酒，美梦美景，西湖的“苏堤”因你的劳作而恩泽百姓、妩媚相宜，中原的“苏铁”因你的品质而刚直不阿、名垂千古！

“苏堤”“苏铁”，你们是苏东坡的化身吗？这个优秀而伟大的姓氏让我对你们敬仰。

阳光点点闪现，透过树枝，洒在地面上，树荫的凉爽让我们忘记了疲劳，抬头仰望参天大树，心空了，心醉了。

是“醉东坡”的“醉”吗？

这种醉，不是“刘伶醉酒”的“醉”，刘伶醉酒是一种任性、无奈；

这种醉，不是“李白醉酒”的“醉”，李白醉酒是一种仙气、神幻；

这种醉，不是“阮籍醉酒”的“醉”，阮籍醉酒是一种孤独、绝望；

这种醉，不是“柳永醉酒”的“醉”，柳永醉酒是一种放纵、自弃；

“东坡的醉”是一种乐天达观、热忱激越。这种激越、这种热忱，仿佛我在南宁遇到的花海，那么洒脱阳光，那么生机勃发。

也许是天意，就在我们开车即将离开风景区后，突然被一片花海吸引，一大片一大片的，红得像晚霞般灿烂和炫目。我几乎是从车里跳了出来，大步流星跑过去，一睹它的芳容。因为在北方很少见这种植物。回京后，我问南宁的朋友：“这个是三角梅吗？梅花，不是应该开在寒冷的地带吗？”朋友通过QQ窗口发来了一个偷笑的表情，答：“三角梅叫梅，但是不属于梅花，正如熊猫不是猫，哈哈。”上网一查，果然三角梅属于紫茉莉科，生长在亚热带地区。朋友又说：“这个很好种植，很多人的阳台上都大片大片生长着三角梅。”

站在花丛边，尽情地欣赏着每一朵花，每一片叶。它们绽放得那么舒展，那么惬意。每一朵花在绿叶的映衬下显得如此热情，如此酣畅。花朵中间的花蕊呈现白色，纤细娇嫩，点缀得恰到好处。几十米长的三角梅花架并列有四五排，汇聚成一片花的海洋。粉红艳丽的花朵，与苍翠欲滴的青秀山遥相呼应、相得益彰。

在这个炎热的下午，在这个潮湿的季节，南宁，我融化在你浓浓的“醉”意里。

一起一落，中间只有一天的时间，匆匆离开。

南宁，这个地处亚热带的中国南部城市，就这样与我邂逅。在带着花样的、梦幻般的美景中，我们踏进了北上的机舱门。身后，是光、是影、是花、是树，是邕江的碧波，是潮湿的梦！

此时，我的灵魂与山水同行，与东坡同醉！

2015 年 4 月 25 日

飘逝的皇家气韵

那是一种气场、一种气韵、一种气势；

那是一场绝唱、一场跌宕、一场悲歌。

看人物，不必看绘画上的落款，你只需看一眼那丰腴的肌肤、淡定的眼神、飘逸的长裙，你就知道这是唐朝人物；看家具，不必问买家，你只要看雕饰的繁复、用料的厚重、尺度的夸张，你就知道这一定是清朝年代家具。

清朝，一个郁郁来风的朝代，仿佛一场盛宴，满汉全席，嘉宾如林，灯光迷离，觥筹交错，笑语欢歌，一切都那么富丽堂皇，一切都那么秩序井然。无奈，曲终人散，夜色沉重，只剩残羹冷炙，满屋狼藉。

清朝，有时候我觉得像一个垂暮的老人，曾经经历了辉煌的年代，在暮年，晚霞灿烂之后，终究走进夕阳里，走进暮色浓浓的黑夜。身后，是一声长叹。

在一个无风的夏天，湿湿的路面、湿湿的苔藓、湿湿的空气，我再一次来到了一个与清朝“扯不断理还乱”“欲说还休”的城市—承德。五年前曾经来过这里，只是“朝至晚离”，匆匆一瞥，在相当于两个颐和园、八个北海公园的皇家园林避暑山庄转了转，走了走，却终究没能留宿一晚。不知是天朝大国曾经威严的逼仄，抑或是远去马蹄声的催促。

今天，我又一次走进承德。

走进曾经是清朝后花园的游玩之处。

皇家的瑞气就曾经在这片城市上空盘旋。

那是在康熙四十年（1701）腊月十一，一支浩浩荡荡的队伍走进武烈河。为首的，是一位年近五旬的中年男子，骑着枣红马，身着宽大的黄缎子披风罩，只见他举目四望，周围怪峰林立，雄奇险峻，脚下地势平缓，开阔坦荡。七个月之后，这一行人又来到这里，此时正值盛夏，翠峦叠嶂，沟壑纵横，山风清凉，水甘草盛。于是，中年男子诗兴大发："君不见，磬锤峰，独峙山麓立其东。又不见，万鹤松，偃盖重林造化同。"（康熙诗《芝径云堤》）随后颁布命令：在此地兴建行宫！于是，热河行宫（后更名为避暑山庄）开始营建。

这位君临天下、指点江山的人便是康熙大帝。

今天当我再一次走在城中心武烈河河畔时，较前几年来这里，河面似乎更开阔了，河堤似乎变矮了，车流也更加密集了。河的两岸，蔓延的树枝，低垂的杨柳，一片盛夏美景，偶尔有人在河边钓鱼。

要说康熙皇帝在承德建造行宫只是为了避暑和游乐，游山玩水，那只是其一，而其背后的历史原因深远而独特。自康熙到乾隆，围绕着避暑山庄，建造了许多寺庙，俗称"外八庙""普宁寺""安远庙"等等，据资料介绍，实际一共有12座寺庙。这对于清王朝稳定边陲政局、防止沙俄侵扰起到了积极作用，"一座喇嘛庙，胜抵十万兵"。

当我踏进小布达拉宫之后，被一种色彩上的对比震撼，金灿灿的尖顶、绿油油的琉璃、白台红窗、红台白窗，尤其在一个小雨蒙蒙的午后，阴天时，所有的色彩都有一种湿漉漉的感觉，鲜明的红、白二色对比更是让人心中一震。

小雨淅淅沥沥，时断时续。游人不多，殿中一片幽静，空气湿润清新，松柏参天，老态苍劲。庙宇完全依照山势而建，仰望远处巍峨矗立的大红台，庄严肃穆，拾级而上，沿着陡坡行走，天宇间似乎传来阵阵拜佛礼教之乐。

一座高大的白台掩映在松柏之中，纯净而圣洁。三层红色藏式盲窗秩序排列，白台上自西向东分别是红、绿、黄、白、黑五座喇嘛塔。这里就是五塔门，门前，一对石象分列左右。

五塔的颜色，装饰各有不同的含义，五种颜色代表了藏传佛教的五大教派，红塔代表红教（宁玛派）、绿塔代表花教（萨迦派）、黄塔代表黄教（格鲁派）、白塔代表白教（噶举派）、黑塔代表黑教（苯波派）。黄教是清代的国教和西藏地区的执政教派，故置于五塔中央位置。

康熙乾隆时代是一个民族大融合时代，我常常想，只有胸怀宽阔的人才有可能容得下天下异同的事物、人物。清朝，作为一个非汉族血统的民族发起者，既要保持自己本民族的满族政治文化，又要融合汉民族、蒙古族、藏族等不同民族，就必须用一种独特的方式来完成，这种方式既非武力，又非政治，于是选择了宗教文化思想。五塔门的设计就体现出了乾隆兼收并蓄的宗教政策和对少数民族宗教传统的尊崇。五塔并列一字排开，表明了清政府平等对待五大教派的宗教政策，而黄教居于中间位置，又显示出其核心地位。

“康乾盛世”绝对不是一句虚话，康熙精力充沛，文武双全，智勇俱佳，智擒鳌拜，平定吴三桂，出版《康熙字典》，亲自批点《资治通鉴纲目大全》，深研经史子集，等等。乾隆最爱追随祖父，较祖父相比，依然韬略雄才，武有疆域征战的“十全武功”，文有编撰《四库全书》浩瀚深邃，对传统文化精通，对民族问题重视。乾隆曾自称“自乾隆八年以后，即诵习蒙古及西蕃字（藏文）经典，于今五十年，几余虚心讨论，深知真诠”。在清朝这个多民族的国家中，当然利用熟知的文化，知己知彼的思想、宗教的神秘和力量，对加强蒙古、新疆、西藏等少数民族地区的统治，获取对清政府的拥戴，稳定清朝的统治，起了相当大的作用。《蒙古志》的作者说：“高宗纯皇帝（乾隆）既平准格尔，而蒙古各部帖耳俯首，奉命惟谨者，驭之在此策耳。”可见其高超的治国政治艺术。

站在大红台前，拔地而起的四根高大的嘛呢杆（即佛教的旗杆）和四个大铁海，以及旗杆上五彩经幡的飘扬，将广场映衬威严肃穆。红墙白窗，醒目而热烈。站在场地中央，抬望眼，一尊尊佛像在佛龛里庄严地陈列着，让人望而生畏，个体生命在这时显得那么的渺小和微弱。红台正中，垂直的六个绿色琉璃佛龛端庄典雅，内供六尊无量寿佛，寓意乾隆的60寿辰。大红台上端的女儿墙以80个供有无量寿佛的黄琉璃佛龛装饰，寓意为乾隆母亲皇太后钮祜禄氏80岁生日。

乾隆，他像一个大家庭的掌管者，将不同信仰、不同语言、不同文化的人，汇聚到身边，

熙熙攘攘，好不热闹，因此在普陀宗乘之庙所有的碑文和匾额内容，均由汉文、满文、蒙文、藏文四种文字书写。在热河修建此庙，真乃几全齐美：既可以在京城周边地区扩大朝廷的势力范围，能进能退，能攻能守；又可在此地处理周旋各种民族矛盾问题，加强统治，省去到京城的诸多不便和非议以及危险；还可作为母亲 80 寿辰的献礼；也能使自己的 60 花甲生日永载史册。因为乾隆三十五年（1770），是他的 60 岁生日，乾隆三十六年（1771），是他母亲的 80 大寿。该庙在 1771 年修建完毕。

在我们参观小布达拉宫时，这里有一个最重要的殿宇一“万法归一殿”正在装修，装饰材料遍地堆积，有些场所也没有开放，殿内显得阴暗、森严、肃穆甚至是萧条和冷落。“万法归一殿”是小布达拉宫重要的一个组成部分，是乾隆举行重大宗教活动的场所，意为万法归于黄教，黄教归于皇权，万法便归于皇帝了。

由于正在装修，我们匆匆转了一圈便离开殿宇。临走时，我注意到大厅门口悬挂着“土尔扈特人东归史展览”。介绍了乾隆三十六年（1771）一月，土尔扈特汗渥巴锡为了摆脱沙皇俄国的统治，带领 33000 多户 17 万人，历经艰苦卓绝，踏上东归之路，到达伊犁时，仅剩一半人数。1771 年阴历九月初八，乾隆皇帝在“万法归一殿”接见了渥巴锡一行。展览中有乾隆帝在行幄中亲自用蒙古语询问渥巴锡等东归情形。

可以想象，回到祖国的渥巴锡，当听到熟悉的语言，激动情形难以言表，甚至泪流满面。回国途中经历的千难万险此刻都值了，有乾隆帝的“皇恩浩荡”，有母语一家亲的交流，就是回家的感觉，这就是最好的归途。乾隆帝从小诵习蒙古语，“深知真诠”，这回可是真正起作用了。乾隆帝不愧是政治上的高手，他将渥巴锡回归这件事情说成是“佛法无边”，是他的“神道设教”政策冥冥之中产生的“善因福果”。因为渥巴锡回去的时间正好是普陀宗乘之庙落成之时，于是乾隆帝在普陀宗乘之庙内立了《土尔扈特部全部归顺记》碑。就这样，乾隆帝将佛教思想与民族融合巧妙地结合在一起，利用黄教将昔日的刀光剑影、战马嘶鸣转化为一缕香烟、一声佛音，一个“想让包括雪山葱岭很远地方的无数老百姓都能安居乐业、永远安宁罢了”（普宁寺碑文译文）的寺庙便诞生了。

除普陀宗乘之庙外，乾隆帝还修建了俗称外八庙中另外的一种重要殿宇——大佛寺。

余秋雨先生说：

把复杂的政治目的和军事意义转化一片幽静闲适的园林，一圈香火缭绕的寺庙，这不能不说是康熙的大本事。然而，眼前又是地地道道的园林和寺庙，地地道道的休息和祈祷，军事和政治，消解的那样烟水葱茏，慈眉善目，如果不是那些石碑提醒，我们甚至连可以疑惑的痕迹都找不到。

——《一个王朝的背影》余秋雨著

“长城万里从未挡住过一匹扑向中原的战马，一座庙宇却挡住了塞外的百万雄兵！”（《鼎盛王朝·康熙大典》演出台词）

至此，天下太平，四海归顺。国运昌盛、大气恢宏。东南西北，尽在掌控中。乾隆帝踱着脚步，四平八稳地走在避暑山庄里，走在庙宇里，带着骄傲，带着威严，带着“普天之下莫非王土”的得意，开始享受着历史上最有福气的一个皇帝的生活。

承德，变成了中央之国的缩影。军事武力上，有一年一次木兰围场的大规模狩猎，其实是清政府变相的军事演习，起到一种对外域的震慑作用；宗教信仰上，有外八庙的烟火和佛音，倡导国教地位，控制宗教领袖人物，大量钱财支持，安抚归顺民众，加强了多民族国家的统治，利于清政府的管理和安定；思想文化上，有避暑山庄里“明窗净几，悠然入座”的文津阁储藏的《四库全书》，那是一部“为天地立心，为生民立命，为往圣继绝学，为万世开太平”的国学，卷帙浩繁，博大精深，几乎全国最有学问的文人学士都参与其中。“将儒道的书简藏于袖中，王朝于是有了牢固的基石。”（《鼎盛王朝·康熙大典》演出台词）

乾隆有资格摆谱，有资格享受，他喜欢模仿他的祖父康熙，当年康熙帝执政时，每年几乎有半年时间住在承德。每天专门喝着木兰围场的雪水，从避暑山庄的荷叶上一点一滴汲取荷露，以供煮茗茶之用。吃着千里之外广西、广东送来的新鲜水果。生活中绫罗绸缎、玉盘金盏比比皆是，全国的珍奇异宝、珐琅玉器、珊瑚翡翠、金玉玛瑙，聚集在此。乾隆帝也成为清朝最有福气的一个皇帝之一，在位 60 年，仅次于他的祖父康熙（61 年），历代皇帝中，他的寿命也最长（89 岁）。

我们在参观中，看到普陀宗乘之庙里的金顶辉煌灿烂，像鱼鳞般的镏金瓦层层覆盖，整齐排列，据说殿顶所用黄金超过万两，游人们啧啧不止。“把江南的烟雨纳于胸襟，大清便有了美丽的檐宇。”（《鼎盛王朝·康熙大典》演出台词）

《承德府志》卷 12 中有这样的记载，乾隆自认为“较古之英军贤相，赫濯树勋者，虽不敢云过之，而自审实无不及”。他自称是文殊菩萨的化身，有时将自己的形象融汇于寺庙的众神灵中，如在“普陀宗乘之庙中的万法归一殿的内屏风上面，挂着一幅金丝刺绣的唐卡《无量寿尊佛》，其中的罗汉中有两位俗装华人模样的人物。据推断，这两位俗人应该是乾隆本人和他的母亲”（《承德之旅》李中秋编著）。

乾隆四十五年（1780）八月十三，乾隆70岁时，全国举行盛大的“万寿节”，老寿星接受满、蒙、汉、维的王公大臣朝拜，随后举行盛大的宴会，“竭天下之财务，以奉一人”，所花费的银子，如同《红楼梦》里写的那样“像海水一样的淌”。

但是，“山雨欲来风满楼”，1796年1月，乾隆刚刚举行完“授受大典”，把帝位传给他的第十五子嘉庆时，白莲教起义爆发了。此时摇摇欲坠的清朝江山政府腐败，军心涣散，贿赂公行。眼看大势已去，白莲教的战火越烧越旺，乾隆带着嘉庆和大臣们到普陀宗乘之庙上香，祈求菩萨保佑。嘉庆四年（1799），乾隆在紫禁城走完他的人生最后的历程，终于带着“惟军务未竣，不免深留遗憾”而去。

康乾时代结束了，承德也静悄悄了。山庄寂静，寺庙冷清，尘封垢积，冷落萧疏。自嘉庆皇帝1820年9月在这里死去，一直到1860年，清朝皇帝再也没有人来过。

1860年9月，咸丰慌慌张张来到这里避难。躲在热河的他并未闲着，连续与洋人签订《中英北京条约》《中法北京条约》《中俄北京条约》

等等，大片国土被列强占领。1861 年 8 月 220，咸丰在“烟波致爽”寝宫结束了一生。之后，慈禧忙于在北京修建颐和园。同治继任后，清朝以“六岁小儿不可能举行秋猕大典”为名，停止避暑山庄的修理工程。

历史风云变幻，景色今非昔比。

后来的承德，一片萧条。军阀混战、日军猖獗，山庄里屋顶渗漏、木料糟朽、壁画褪色、彩绘剥落。山庄外，寺庙荒凉、殿宇破败、瓦砾遍地、断壁残垣，文物被盗，建筑被毁。山庄哭泣，寺庙流泪。

清朝，他的脚步在缓慢移动中，终于停滞不前了，他像一个步履蹒跚的老人，走过了四季，走过了辉煌，走过了盛年，走过了光芒。如今已经不再属于自己的时光了，便一头扎进夜的深沉里，不过那架势、那身板、那气韵，还遗留着，带着满头的辫子，穿着黄袍马褂。

“朕这辈子，做的事跟你们厨子一样，就是个满汉全席。”（《鼎盛王朝·康熙大典》）余音袅袅飘荡在远方的河谷，夕阳里，余晖下，渐行渐远……

而今天，承德已经成为著名的旅游城市。避暑山庄内，人来人往，欢声笑语，梅花鹿在山坡上悠闲自在，与游客互动。大佛寺（普宁寺）里，香火缭绕，游人甚多，据说已经成为当地人们祈愿祈福、消灾消难的重要场所。人们说外地人来承德，不到大佛寺，不算到承德，许愿灵着哪。于是我们也跟着人群，出出进进，参观游览，感受宁静的佛音，转动神秘的经筒，顶礼智慧的观音，赞叹千手千眼的神圣。

走在武烈河河畔，只见人们踱着方步，背着手，逍遥地在河边散步，那架势、那体态，那神情，似乎依然有着皇家的范儿，不过，那已经是飘逝的皇家气韵……

2015 年 9 月 15 日

一曲民族团结的乐章

我想一定有这样一个地方，蓝天白云，青草牛羊，心情愉快得像春风拂面那样欢畅；

我想一定有这样一个地方，歌声遍地，舞姿蹁跹，心房唯美得像彩虹般绚烂多姿；

我想一定有这样一个地方，佛音袅袅，暮鼓晨钟，心灵空静得像雨后菩提树那样清新；

我想一定有这样一个地方，不畏艰难，信仰坚定，心境虔诚得像莲花花瓣那样圣洁；

我想一定有这样一个地方，民族团结，其乐融融，心儿欢喜得像各民族歌曲那样悠扬；

我想一定有这样一个地方，大气开阔，纵横万里，心绪飞扬得像雄鹰展翅那样酣畅！

这个地方一定存在，她静静在那里等着，等着我的脚步，等着我的灵魂，等着我匍匐大地激动的心跳声。

在炎热的七月，我们来到了这样一个的地方一这就是被称为“中国夏都”的大美青海。

转山、转湖，乾坤在心。

转经、转筒，诚心在意。

山水的韵致，寺庙的香火，使燥热的心平静，凉爽。

总向往着高山之巅，总盼望着雪域之恋，却不敢挑战高耸入云的西藏天路，于是，旅游大巴直接将我们从火车站拉到了这条路上一青海省境内的青藏公路。

带着一丝兴奋，带着一丝耳鸣，带着一丝头闷，高原反应的不适没有阻挡我前行的脚步，于是跌跌撞撞上了路，沿着当年文成公主进藏的道路前行。当年文成公主在这条路上整整走了一年，我们旅行大巴沿着青藏公路走了两个小时便到了这里——日月山，黄土高原与青藏高原的分界线。

这是一条旦古的路，一条悠远的路，一条友谊的路，一条团结的路。它见证了汉藏两个民族的友好和交流。

脚下的这条“唐蕃古道”，东起西安，途经甘肃、青海，西至吐蕃逻些（今西藏自治区拉萨市），藏民称其为“迎佛路”，已有1300多年的历史，被称为“中国古代三大通道之一”。它是我国古代中原通往青海、西藏以及尼泊尔、印度的必经要道。

路过青海省湟中县，与中国其他县城没有太大的区别，马路两边商铺云集，人们吆喝着买卖，说笑着，街边的垃圾箱似乎永远没有清空的时候。但是，湟中县与其他地方不同，让人们引以为豪的是一个女子，一个来自遥远地方的女子，她的塑像静静矗立在路边，只见她神态优雅，目光坚定，裙裾飘飘，她注视着山峦，注视着江河，仰望着日月星辰，经历着着风霜雨雪，她就是文成公主——一个伟大的女性，一个为了民族、为了家园而将婚姻与政治联姻的女性。

想想文成公主不远千里、远嫁他乡时，她只有16岁。16岁，现在社会16岁的女孩，一个初高中生，能做什么呢？而文成公主，却做出了一个永载史册的壮举。

但是有时候我想，伟大的唐朝盛世，奈何将兵刃相见、剑拔弩张的民族矛盾，非要寄托在一个区区16岁的少女身上？女性，历史上对女性的评价往往贬大于褒，什么红颜祸水，什么后宫乱国，什么一笑倾城再笑倾国，等等。可是，在这里，在唐朝与吐蕃危机之时，又想起女人的性别？是用“和亲”制度，化干戈为玉帛，将“百炼钢化为绕指柔”，从此亲如一家？或者，“千斤重担你应该挑起八百斤”？

文成公主从长安走来了，带着唐朝的风韵，带着唐朝的大气，带着唐朝的工匠工具、丝竹乐器，带着农田种子、丝绸布匹，带着佛经佛像、佛首袅袅。这一走，就是4。年。

这一走，从妙龄少女到白发暮年；这一走，将中原大地与西北边陲紧紧相连。

从此，种子生根、发芽、播撒于西域边陲，汉文化与少数民族边疆文化融为一体，文成公主也从此与这方热土紧紧相连，永不分离，直至老死。

她的这一走，是亘古未有的走，是汉藏一家的走，是崇高伟大的走。

诗人丛景星曾写道：

盘旋直上九重霄，
日月山峰分外娇。
公主鸾舆从此去，
和平使者助功劳。

大美青海的日月山已经真真切切在我们眼前展现。

极目远眺，蓝天白云，绿草如茵，牛羊满山，麦浪翻滚，油菜耀金，一派旖旎风光。

这就是我们坐了 20 多个小时火车，要追寻的梦幻之境吗？

只觉得天高云淡，神清气爽，我们的心像窗外的白云一样轻盈飞舞，像空中的苍鹰一样展翅翱翔。

日月山最高点海拔 4877 米，青藏公路通过的山口处海拔 3452 米，距西宁 100 多公里，坐落在祁连山脉，古时为中原通向西域的要冲。“日月山”一名，最早见于《山海经·大荒西经》：

大荒中，有山名日月，天枢也。吴姬天门，日月所入……处于西极，日月星辰之行次。

中国传统哲学中有阴阳相生相克、相辅相成之理论，台湾有日月潭，大陆有日月山。日者太阳，生春阳之气，月者月亮，生阴柔之气，二者结合，万物才有生机。故《道德经》中说“道生一，一生二，二生三，三生万物。万物负阴而抱阳，冲气以为和”。民间传说，日月

山是西王母和东王公生阴阳二气之圣地，藏文中称“朵尼达”，意思为“日月石镜”，因山顶沙土呈赭色，故初唐称“赤岭”。唐代，青海为唐蕃战争的主要战场。赤岭（日月山）则是战场上的战略要地，“行追赤岭千山外，坐想黄河一曲流”，几百年间双方围绕赤岭的控制权展开过数不清的拉锯般争夺，最终不免“仍以赤岭各竖分界之碑，约以更不相侵”（《旧唐书·吐蕃传》）。

遥望日月山，日亭、月亭遥相呼应。山口处竖有一块“日月山”三字石碑。山上，五彩经幡迎风飘扬，在蓝天白云的映衬下美不胜收，满山的绿草将亭子烘托得格外壮观。山脚下，游客如云，商品遍地，好不热闹。青海特有的、被称为“大眼睛，双眼皮”“五星级”白色牦牛，被主人打扮得无比艳丽，供游人们拍照留影。

别看现在的日月山如此美丽、热闹，可是当年文成公主远嫁藏王路过此地时，荒山野岭，冷清凄凉。于是，日月山随着文成公主的入藏而有了美好的传说。

相传当年文成公主辞别父母，离开长安以后，跋山涉水，历尽艰辛，来到荒漠的高原上，由于离亲人和家乡越来越远了，不由得思念起远在长安的父母来。她想起临别时母亲送给一面宝镜时说的话：若怀念亲人时，可从宝镜里看到长安。于是急忙取出“日月宝镜”，双手捧着照起来，不照则已，一看吃了一惊。原来文成公主从镜子里没有看到长安的繁华，没有看到慈祥的母亲，而是看到自己满脸憔悴的愁容。她一生气，把宝镜摔在地上，没想到，宝镜一落地，立刻化成两座高山，南麓的是日山，北麓的是月山……后人称之为“日月山”。

爬上日山，进入日亭，环顾四周，墙壁上的壁画栩栩如生。壁画主要讲述了藏王松赞干布派大臣禄东赞，赴唐长安请婚以及请婚过程中，禄东赞大智大勇力排诸难、巧破难题的逸事。

尽管有些高山反应，小腿肚子哆哆嗦嗦直打战，心跳加速，还是爬上了北山上的月亭。山上的一片景象让我们惊呆了。

那是一片蔚为壮观的景象！风在耳边吹响着，一团团，一阵阵，似千军万马奔腾而过，像高山流水恢宏壮观。只见山上垒砌了一个祭台，

火烧过的黑色痕迹在日光的照射下醒目而耀眼，青烟缓缓飘散在空中，两堆经幡彩条披挂的嘛呢石堆，随着人们不断加石块，石堆高达几十米。半空中，只见长方形、三角形等白、黄、红、绿、蓝五彩风马旗从月亭顶部一直悬挂在石堆顶上，在大地与苍穹之间飘荡摇曳，构成了一种连地接天的境界。伴着山峰、伴着青烟、伴着白云，印满经文的经纸，漫山遍野地随风飘散。在此刻，在山上，耳边仿佛响起了宏大的诵经声音，从缈缈天际飘来，回荡在山谷，回荡在心间……“有这样的地，天才叫天，有这样的地，地才叫地，在这样的天地中独个儿行走，侏儒也变成了巨人。在这样的天地中独个儿行走，巨人也变成了侏儒”（《阳关雪》余秋雨著）。

我有些茫然不知所从，仿佛站在几千年的亘古画卷里，久久不能离开。不知1300多年前，文成公主那时是怎样的站立啊？稚嫩的脸颊能否经得起风沙的吹打？轻薄的绸缎汉衣，能否耐得住山谷里的寒冷？她能怨恨吗？不能，和平的使命在肩上。她能后悔吗？不能，战火的停歇只在一念之间。离开京城、离开亲人、离开故土，思念的眼泪不禁潸然而下，泪水流啊流，流啊流，就形成了一条河水。小河一反常态自东向西流淌，这就是著名的倒流河。

离开日月山，前方不远就是倒流河。

这条河水为什么倒流，民间有许多传说。当年文成公主离开日月山继续西行，公主从马背上回头向东遥望自己故乡的时候，发现视线已被日月山阻隔，禁不住流下了悲伤的泪水，然后叹息一声，挥泪西进，河水就也随着公主一同向西流去。

从此，文成公主的伟大壮举永留世间。汉松赞干布迎娶文成公主的唐蕃和亲制度，开启了汉藏友好交往的历史篇章。文成公主永远被藏族人民尊崇和爱戴。松赞干布迎娶文成公主后，中原与吐蕃之间关系极为友好，此后200多年间，很少有战事，使臣和商人频繁往来。松赞干布十分倾慕中原文化，派吐蕃贵族子弟到长安国学读书。唐朝也不断派出各类工匠到吐蕃，传授各种技术。松赞干布非常喜欢贤淑多才的文成公主，他几乎是妇唱夫随，为文成公主修建了布达拉宫。更是脱掉厚重的藏袍，改穿美观轻便的汉服。“自从贵主和亲后，一半胡风似汉家。”（《陇西行》唐·陈陶）

一个女人，有这样喜欢自己的男人一生一世相伴，离开故土又何妨？远嫁他乡又何妨？“心安即故乡”！故乡只是一个符号，是给思念时一个慰藉的标示，如果有爱人一生相伴，有热爱的土地，有欢乐的人群，有对未来的向往，有胸怀天下的气度，有理想有追求，心踏实，梦安稳，何处不是故乡？这种远嫁完全不是《红楼梦》中远嫁他乡的探春，凄苦冷清，哀婉悲凉，“奴去也，莫牵连”，听着都让人肝肠寸断。而文成公主的远嫁，是将个人命运与国家命运紧紧联系在一起，支撑她的更是一种责任、一种胸怀、一种大义、一种担当，一种属于唐朝女子特有的风韵和气度。文成公主到了西藏后，她热爱藏族同胞，也深受当地百姓爱戴。她将汉族的碾磨、纺织、陶器、造纸、酿酒等工艺陆续传到吐蕃；她带来的诗文、农书、佛经、史书、医典、历法等典籍，促进了吐蕃经济、文化的发展，加强了汉藏人民的友好关系。她带来的金质释迦佛像，至今仍为藏族人民所崇拜，她设计和协助建造了大昭寺和小昭寺。松赞干布去世后，文成公主一直居住在西藏。

永隆元年（680），文成公主逝世，吐蕃王朝为她举行隆重的葬礼，唐遣使臣赴吐蕃吊祭。至今拉萨仍保存藏人为纪念她而造的塑像，青海省玉树县也建有文成公主庙。据说，这里一年四季香火不断，酥油灯昼夜长明，前来朝拜的藏汉群众络绎不绝。现在，文成公主已经成为藏族人心目中绿度母菩萨的化身，万民敬仰。

文成公主，已经成为中华民族历史上民族团结的音符和代号，她像一曲壮美华丽的乐章，从此拉开了汉藏民族世代友好的序曲；她像一首澎湃激越的歌谣，从此谱写了汉藏民族友谊团结的诗篇。

青海，这个历史上曾经兵戎相见的场所，有诗曰：“君不见青海头，古来白骨无人收”（杜甫《兵车行》）、“青海长云暗雪山，孤城遥望玉门关”（王昌龄《从军行》），现在已经成为民族团结的吉祥之地。

在青海，反映民族团结意义的内容随处可见，不管是在山石上刻写的巨型“民族团结”四个大字，还是路边竖立的“三个离不开”（汉族离不开少数民族，少数民族离不开汉族，各少数民族之间也互相离不开）的标语，即便是卓尔山上一块普通的木头，也雕刻着“民族团结祥和塔”的字样，闪烁着团结的光芒。在祁连县，傍晚的广场上，人们欢声笑语，载歌载舞，路旁五颜六色的彩车、彩灯鲜艳夺目，熠熠生辉，而表达的主题内容依然是维护民族团结。青海省除汉族外，主要有五个少数民族：藏族、蒙古族、回族、土族、撒拉族。民族团结，在这里已经根深蒂固了，它像青海湖的湖水那样深邃，那样浩瀚，又像门源的油菜花，那样艳丽，那样广袤，更像茶卡盐湖的湖水那样宁静，那样透彻。

在青海的五个少数民族中，藏族人口最多，占青海全省总人口的21%，仅次于占53%的汉族。

对于在民族大学工作的我来说，藏族并不陌生。同事中藏族人也很多，看见他们的头饰、服装很是喜欢。特别是一位藏族老师亲自教我做长跪，就是磕等身长头，非常受益，解决了不少身体上的不适，尤其是对颈椎、腰椎、胸椎大有好处。同事说，藏族人喜欢磕等身长头，一方面是宗教上的信仰力量，另一方面是锻炼身体所需。

佛教大规模地传入西藏应该从松赞干布建立吐蕃王朝时开始，在传入中国之后，佛教与西藏蒙古一带当地的宗教相结合，于是形成独特的藏传佛教文化。

我满怀期待，期待在青海湖路上看见人们祭海的身影，期待能看到藏区独有的画面：夕阳下，那黝黑的脸庞，满头的长辫，侧披的长袍，口中念念有词——唵嘛呢叭咪吽。

可惜，在青海湖，我们没有遇到祭海的人群。对于藏族同胞来说，青海湖祭海是件非常神圣的事情，每年的农历七月十五，成千上万的

藏族群众手里捧着用谷类制作而成的宝瓶，沿着长 999 米的木质栈道走向祭海台，他们站在祭海台上，抡圆了胳膊将宝瓶投到青海湖里，也将自己的心愿送出。如能赶上青海湖边八大活佛主持的祭海仪式，那便是三生有幸。

朴实憨厚的藏民用这种最原始的方式，将心中的祈愿表达出来，祈求五谷丰登、国泰民安。因为他们知道，冥冥之中，有神灵在保佑。

藏传佛教的精深和博大，让人十分敬畏和向往。尤其是灵童转世、金瓶掣签等等，像雪域高山的天空一样，神秘而浩瀚。

今天我毫不犹豫地来了，来到了这里，来到了藏传佛教的圣地、被称为“世界第二佛陀”藏传佛教格鲁派创始人宗喀巴大师的诞生地——塔尔寺。

遥望塔尔寺所在地一宗喀莲花山，山峦起伏，树木葱茏，山腰间云雾缭绕，一片祥和之貌。曾有通晓地相文化的学者这样写道：“当你从远处不论站在任何方向，视天观地，陵涧起伏，地如八瓣莲，天呈八福轮，这是法论常转，妙谛永存的象征。”（《塔尔寺文化》杨贵明著）

走进塔尔寺，一座座佛殿在雨水的冲刷下更加神秘而空灵，它距今有600多年的历史。善逝（如意）八塔，红白相间、一字排开。寺院里，嘛呢经筒不紧不慢地在人们手中旋转，六字真言的真谛大概只有心里涌动的激情才能感悟。信徒们虔诚地磕着长头，他们有的手拿摸得发亮的木质砖块匍匐前行，有的在地上放一块毛巾，当额头触地时作为垫衬，而有的人干脆纯粹以额触地，斑斑血迹在额头显现，地上放着一串串佛珠作为计数器。据说，他们要磕十万个长头，象征着十万片树叶，十万尊佛像。因为据说宗喀巴大师诞生后，剪断脐带时有殷红甘露滴到地上，渗入土中，从这里奇迹般地长出一棵青藏高原罕见的菩提树来。这棵树不仅长势姿态优美，引人入胜，更令人惊奇的是菩提树上的十万叶片，每一叶片上面都清晰地显现狮子吼佛像（释迦牟尼佛的一种化身像）。那大金瓦殿前的菩提树叶闪闪发亮，浓郁茂盛，或许正是它的四季轮回，叶舞叶落，才使佛陀顿悟开示吧。

塔尔寺内的导游小赵姑娘，一个典型的藏族女孩，皮肤黝黑，牙齿洁白，用她那不太标准的普通话为我们讲述着宗喀巴大师的身世、历史及各种传说。游人中有在寺内拍照的，小赵严厉地制止，态度十分坚决，但是当她讲到大师在西藏求学期间母亲思念儿子的故事时，小赵姑娘声音又十分的轻柔温软。大师母亲思儿心切，托人带去一封信，内装母亲的一缕白发。大师为了弘扬佛法，励精图治，决然没有回家，但是他也十分思念母亲，于是他蘸着鼻血，画了一幅自己的肖像托人捎给母亲。母亲打开画像，宗喀巴大师只说了一句话“妈妈”而默不作声。讲到这里，我们一行当中好几个人泪流满目，泣不成声。

在大师那里，早已经超越了一般人的儿女情长，他将毕生的精力都奉献给了佛教事业。

同时，他也确立了藏族与汉族的友好关系。

公元1415年，应明成祖之召，他自己未能成行，派其弟子释迦益西作为他的代表进京，朝礼皇帝，被封为“西天佛子大国师”。1421年，释迦益西再次进京，被宣德皇帝加封为“大慈法王”。从此，格鲁派与明王朝建立了福田关系。

塔尔寺庙内，宗喀巴大师以及其弟子达赖、班禅等宗教领袖点点滴滴的故事均有展现。尤其是十世班禅额尔德尼·确吉坚赞与中央政府的关系达到了空前的友好和团结。当年十世班禅坐床之后，正面临新旧中国的改朝换代，11岁的班禅在这种紧急关头，自己有明确的主张：我是藏族人，是喝黄河水长大的，我爱家，不到外边去，绝不离开生我养我的土地。1949年10月1日，中华人民共和国宣告成立，班禅即给毛泽东主席和朱德总司令发出致电。随后，收到复电，希望班禅和全国西藏爱国人士一致努力，为西藏的解放和汉藏人民的团结而奋斗。之后的事实发展证明，十世班禅在西藏和平解放中、在新中国的建设中、在佛教文化的传承和保护中、在促进民族团结的伟大进程中，都起到了中流砥柱的重要作用。

我们静静跟着导游参观，并按照藏族礼仪祭拜祈福。寺庙内酥油香缓缓飘散，人们在各个主要大殿穿梭而过，念念有词，并广种福田。寺庙内不许照相，我只好将一只只精美的佛像、一个个匍匐的身影，深深地留在心里、刻在梦中。

大美青海——黄河、长江、澜沧江的发源地，被誉为“三江源”的圣洁之地，我在炎热的暑假，轻轻地来，又轻轻地走，带着青海湖

流光飞霞的波涛，带着卓尔山流光溢彩的山色，带着门源油菜花如画如歌的美景，带着塔尔寺甘露淋漉的圣洁，带着“天空之境”茶卡盐湖的倒影和静美，回望青海，那里回旋往复、荡气回肠的是一曲曲民族团结的大合唱，是一首首民族和谐的韵律诗！青海早已不是李白笔下的《关山月》描写的“长风几万里，吹度玉门关。汉下白登道，胡窥青海湾。由来征战地，不见有人还”的悲苦和苍凉。在曾经荒凉偏僻的星空下，在曾经寂寞孤独的寒风中，人是天地间万物的主宰和灵魂，不同民族的人们，尤其是汉藏的携手，像倒流河河水源远流长的情谊，此刻倒流河流淌的是文成公主欣喜的眼泪！她欣慰，她自豪，因为她看到1300年之后，汉藏两家仍然像她当年在藏乡时那样和平、友好，甚至超越了所有的羁绊和堡垒，更加稳固、更加深入、更加久远。

值得一提的是，我们不能忘记导游小苗，一个胖胖的回族姑娘，一笑起来眼睛变成月牙。我们去时，正值穆斯林的斋月，小苗姑娘每天早上吃饭后，整整一天，不喝一滴水，不进一粒食。她从早上跟我们上旅游大巴，用话筒讲着各种当地的传说和历史故事，到景点还要招呼人群注意事项，甚是辛苦，声音沙哑上火，嘴唇干裂起泡，满脸红色痘痘。吃饭时间，她给大家安排好，自己就出去到外边等候。车上人见她这样，劝她不吃饭可以，哪怕喝上一口水也成啊，毕竟你的工作性质和别人不一样，每天要说这么多的话，她笑答：没有关系，习惯了。

这是一种对宗教何等的虔诚！心中默默充满对她的敬意，一个只有20岁的姑娘。

2015年9月20日

走马观花话美国

从美国回来已经三个多月了，总想写点儿什么，但是一直没有动笔。十几天的时间，只能是匆匆一瞥，而且我们只到了美国西海岸的三个城市一旧金山、洛杉矶和迭戈。吃喝玩乐，杂七杂八，略微有一点对美国的初步感受，写出来，与大家分享。

这也是唯一一篇不像游记的文章，但是也能从中能窥探出一些端倪，值得我们借鉴和深思。

一

交通规章制度严格
行人车辆依规而行

美国是车轮上的国家，到美国没有汽车是绝对不方便的，我们提前在网上租好汽车，将驾驶人的信息先在国内公证处公证，并翻译成英文格式，把驾驶人的信息传递过去，纸质版内容出国时随身携带。我们在美国游玩，到一个城市租一辆车，十分方便。

美国的汽车租赁市场十分发达，非常便捷，有的就在机场附近，下了候机楼，走过去就是。有的即使没有在机场附近，但是也有免费大巴接送客人。客人下了飞机直接坐大巴到公司去租车。美国有两大汽车租赁公司，一个是Budget，另一个是Hertz公司，可选的车型多，手续便捷，租车公司有人工柜台能办理，也有自助机器。办好手续后，员工就将干净、加满油箱的汽车开过来。还车时，也必须是满箱汽油，如果缺油，需要补交金额。有一次，我们还车时忘记加满油，于是补交了所缺部分，但是费用很高，远远超过加油的价格。美国油价因地区、城市不同，油价变化也很大，但是总体还是很便宜。油价最贵的州如纽约州和加州大约2.69美元1加仑，1加仑相当于3.78升，换算成人民币也就是大概每升4.4元。油价最便宜的州不到1.82美元1加仑，也就是3元人民币。

美国租车方便，打车反而不是很方便，不是中国的“招手即停”，都是事先电话预约，虽然路上也有空车开来，但对挥臂呐喊的人不理不睬，因为他还以为你打招呼向他致意呢！他牛气地一脚油门就开过去了。

美国的道路上行人很少，出门全是汽车，美国人开车相当遵守交通规则，在两路相交或者会合之处，有一个“Stop”的标志牌，汽车必须踩住刹车，停止前行，左顾右盼，东张西望，确定前面没有汽车或行人通过时，才能开启，慢慢通过。如果有两辆车同时到达路口，要做手势让对方先行，先行车者要做手势或者点头微笑表示感谢。

因为刚来美国，老公有几次开车到了路口忘记停车，女儿在副驾驶上连连提醒："Stop，Stop"，过了几次自然就习惯了，不需要再提醒。我问女儿，路口停车，如果有摄像头一定是这样，如果没有摄像头，人们也一定这样吗？她说，当然，必须的。不管夜深人静，路无行车、行人，只要看见"Stop"标志，都要停车。如果不经意冲了过去，还自责不已，只想把车退回原地，心里才不会为这事儿惭愧。这样的有序通行，表面上感觉缓慢，但是整体通行速度非常有序、快捷，所以在美国很少有堵车的现象，即使像在旧金山这样街道狭窄、坡度很大、弯道很多的路况下，依然保持道路畅通。如果路口没有"Stop"标示牌，也没有红绿灯设置，原则上是每一个方向的车与另一个方向的车依次交替通行，不存在抢道行为。这样的行为规范，显然是经过长期法律、道德的约束而形成的。不仅行车是这样，在美国，购物、过马路、等公交车、餐厅就餐等等，都要排队。

美国租车业非常人性化，可以异地还车。我们在洛杉矶租车后觉得车况很好，价格也合适，于是直接开车到圣迭戈，离开时将车还到圣迭戈的同一家公司即可。

在美国公路上行车，必须严格按照速度前行，不得超速。美国高速公路上没有安装摄像头，是否会碰到警察要看运气。如果有超速行为恰恰碰到警察，警察会在后面追，如果你没有及时停车，他们会在后面喊话，如果你仍然没有停下来，他们会追上你，逼停你，然后命令你拿出所需的证件。记住，这个时候你千万不要下车辩解，你在座位上坐好，听从警察安排即可，如果你下车，警察以为你可能会袭警，他们甚至会开枪。我们这次出行，因为有女儿在副驾驶上导航、提醒，没有超速。女儿说，她们曾经遇到过这种情况，开始很恐怖，以为有什么大事，警察越在后面喊话她们越跑得快，后来才知道是超速了。

在美国开车，也存在停车难的问题，尤其在繁华的商业街面上，马路两侧有收费的专用设备时方可停车，自行办理缴费手续，如果没有这样的设备，是不能随便停车的，大街上不会有收费人员。这个收费设备类似于小型电话亭，均可以刷卡缴纳。到停车场后也是如此，当你离开时，先到缴费机上自助交费后才能开走车，出入口没有工作人员收费，因此也不存在排队等候交费的车流。

美国的私家车非常普通，一些汽车甚至是十几年前的车型，在中国都已经很少有人再开了，而在美国非常普遍。甚至有的车很破旧，转向灯都已经损坏，拐弯时必须伸出手来示意。他们认为汽车就是一个代步工具，不是什么身份、地位的象征。

不过，另外一些人则是玩车一族或者世界富豪，他们会不惜重金购买豪车。在“全世界最尊贵住宅区”——洛杉矶比弗利山庄，豪车满街，因为比弗利山庄聚集了无数的人气，世界各地的巨星们纷纷在此购置房产，包括好莱坞电影明星、乐坛明星、NBA明星、来自世界各地的富豪。全球最高档的商业街——罗迪欧大道上，世界最顶级的限量版豪车比比皆是，如兰博基尼、宾利、玛莎拉第、法拉利、劳斯莱斯等等。汽车色彩艳丽，造型夸张独特，尤其是跑车的轰鸣声远远地就听得到，人们不由得驻足观看。这些玩车的人也十分自豪地打开天窗供游人观赏，说不定哪一辆车里就坐着世界名人。据说麦当娜、布兰妮、布拉德·皮特、安吉丽娜·朱莉、奥尼尔、科洛格蕾斯莫瑞兹、影星成龙、《花花公子》杂志的老板等都在这里拥有豪宅。贝克汉姆也于2007年夏天和妻子维多利亚搬到比弗利山庄居住。

而中东阿拉伯富豪们则喜欢开长车，他们拖家带口，穿着穆斯林长袍，坐着加长版的林肯车扬长而去。

值得一提的是，比弗利山庄已经形成了著名的城中城，山庄里有市长，有警察局，有消防局，有图书馆。当我看到图书馆时候十分欣喜，大概因为我在图书馆工作，看到“library”的字样，便挪不动脚步。于是和门口的工作人员说“我也是一名图书馆管理员，想进去参观一下”，他们友好地让我们进去。图书馆规模不是很大，但是环境十分静谧、幽雅，书籍整齐地在书架上摆放，有两位穿着十分大方、考究、得体的老夫妇在椅子上专心翻阅杂志，他们的礼帽在桌子上静静放置，仿佛一幅安静的油画。此时你能真正感受到书籍的美，字墨的香。美国图书馆星罗棋布，几乎遍及每个社区、学校、政府部门、单位等，全国共有各种图书馆126439座。阿根廷前国立图书馆馆长博尔赫斯曾经说：“这世界如果有天堂，那一定是图书馆的模样。”比弗利山庄被称为全世界最尊贵的住宅区，要想长期支撑如此雄厚实力的财富，背后一定是知识和文化。

二

信用制度健全完善
诚信远比坦诚可贵

美国经过两百多年市场经济的建设，已经确立了规矩、诚信，保护个人财产的制度。

我们小学课本曾经有一篇文章《华盛顿和他的斧子》，说的就是美国第一任总统乔治·华盛顿在小时候，不小心用斧头砍倒了爸爸最心爱的樱桃树。他敢于承认错误，承担责任，这就是最有魅力的人格。美国人以他为楷模，不仅仅因为他是总统，有执政能力，更重要的是有人格，有诚信。

我们在美国用餐基本上都是刷卡，信用制度本身也很健全。用餐后在刷卡支付时，消费者先将信用卡给服务生，服务生将消费金额小票给消费者看，在消费者确认无误签字后，将信用卡还给消费者，消费者即可离开餐厅，随后服务生刷走相应金额。因为你已经签字，服务生不会多刷金额，这就是诚信。

这大概与美国是一个契约社会有关。西方的契约精神源远流长，最早可以追溯到古希腊，亚里士多德的思想对后世契约理论影响深刻。他提出“交换正义”的概念，交换正义是人们进行交易行为准则，不得损人利己是交换的基本原则，此观念已经深入人心。

尽管女儿去美国时间只有一年多，但是在许多事情上已经表现出了“一根筋”。有人说，有两种人在美国能待得下去，一种是精英，一种是傻子。这就是为什么在美国购物后可以无理由退货。当别人认为找到了一个空子可钻时，他们会睁大眼睛，大惑不解。失去诚信便失去了人格，诚实守信已经作为民法的“帝王条款”和“君临全法域之基本准则”。

在美国，诚实守信并非因为美国人天性单纯善良，而是因为有一套完善的信用体系。守信受到褒奖，失信则被严惩。信用制度已成为一双“隐形的眼睛”，时刻监督着个人的经济和社会活动。以退货为例，如果你被发现恶意退货或者诈骗退货，那么轻则被商家列入黑名单，影响以后购物消费，重则被写进个人信用记录，甚至可能面临法律诉讼。一旦个人信用记录出现污点，走到哪里都会被人瞧不起，将很难洗刷干净，给今后生活带来巨大不便：大到找工作、上保险、贷款买房买车，小到办手机号、开银行账户，都会被审查信用记录。

美国财产私有化，个人利益不得受到损害，国家有责任保护个人利益，当个人利益受到侵犯时，必须拿起法律武器来维护。在美国经常可以看见警察，比如周末，当邻居唱歌的噪声干扰到你时你就可以报警，警察一会儿便开车过来处理事务。古希腊政治家伯里克利曾在演讲中说过，在私人的领域里，我们应崇尚自由和宽恕，但在公共领域中，我们要遵纪守法，因为法律令人心悦诚服。据说，美国的《宪法》文本永远是书店的畅销书，是许多美国民众的藏书之一。

三

“中国制造”遍地开花

从“没面子”到骄傲自豪

在美国购物逛街，遇到最多的事情就是产品都是“中国制造”。看上一件稍微像样的服装、鞋包，一看标签就是“MADEINCHINA”。前几年出国如果想买一件纪念品给亲朋好友带，回来一看商标才发现是“MADEINCHINA”，觉得特没有面子，出趟国不容易，带回来却是中国自己的产品回到中国送给自己的亲戚朋友，别人会怎么说？自己又该怎么解释？2012年时我们在遥远的印度洋马尔代夫买一双下水时穿的鞋，结果买来一看也是"MADEINCHINA”。

这次到美国，我的感觉完全不一样了，因为觉得这么多商品能在美利坚合众国的商场中待得住，绝对不是单个的原因。“中国制造”的背后一定是“中国质量”和“中国价格”，质量信得过、价格合理才有人购买。甚至在有些商场，导购会告诉你，这个商品哪个部分是中国制造，哪个部分是日本制造，他们还会说质量绝对没有问题。我们听了觉得特别自豪，“中国制造”的商品再也不是“不能登大雅之堂”的丑媳妇了。在美国，高档一点的商场都有中文导购，因为他们已经知道了中国人的购买能力，他们见到中国人十分友好，用中文说着“你好”“谢谢”“再见”等日常用语。现在从国外买回“中国制造”的商品一点儿也不觉得丢人，这是我们的骄傲，尤其是衣服，中国制造的衣服更适合我们的审美观念，质量又好又便宜。而"MADEINUSA”的衣服要么是非常纯正传统的西装，比如“布克兄弟”这个品牌的衣服，专门做职业套装，奥巴马非常喜欢穿，价格昂贵，正统；要么衣服是长长宽宽、松松垮垮，特别休闲、随意，穿着便捷、平淡，整体感觉不适合亚洲女人瘦小的体型；还有的衣服做得非常夸张，线条十分怪异，包臀露乳的，一般人根本穿不出去。感觉稍微上眼一点的，能穿出去的，一看，几乎全是“MADEINCHINA”。中国制造已经占领了美国很大的一个市场份额，也大大丰富了美国人的家庭生活色彩，有人说：“拒买中国制造行吗？这比素食主义者不穿皮鞋还困难。”

这真是一个翻天覆地的变化啊！小时候我们曾经使用的东西都称为“洋货”，什么“洋布”“洋火”“洋车”“洋楼”，“洋人”们在中国趾高气扬，“假洋鬼子”们个个奴颜婢膝。而现在，却完全相反了，美国普通家庭购买的商品也是“中国制造”。目前，“中国制造”有六大类：服装成品、家庭用品、蔬菜食品、电子产品、季节性商品以及儿童玩具。据统计，仅童装一项，美国年轻的父母们就由于购买“中国制造”每年从腰包里至少掏了4个亿。

四

彬彬有礼微笑相待
勤劳付出自信平等

在美国的公共场合，不管是电梯间还是商场、餐厅、酒店，遇到陌生人，都要打招呼，“Morning”“Hell。”，他们都表现得十分友好，彬彬有礼，遇到两人同时出现在门口，都会让对方先行，“pleasefirst”。不过，美国的友好和微笑也仅仅限于一般的交往，比如过节邻居之间一起开个party，周末大家一起在草坪上聚会，各家拿出自己的拿手好菜，分享彼此之间的喜悦和欢乐，人们之间不会非常密切地家长里短地闲聊，也不会打听隐私，更不会出现夫妻之间吵架或者打架邻居来帮忙劝架的。

在美国，人们对靠自己勤劳努力而生活的人十分尊敬，比如清洁工、服务生等这样的人群。美国民众很敬佩那些刻苦工作、努力赚钱的富人。相反，他们对官员并没有表现出十分的谄媚和崇拜，公务员一职，家长和孩子们并不十分向往。美国有不少城市的市长几乎不拿薪水，比如纽约市市长一直拿着象征性的一美元年薪。他们的工作动力是通过为市民服务，进而实现自我人生的价值，而不是以此作为谋生之道。因为美国政府的职能是服务民众而非把持特权，公务员虽然地位属于中等，工作较稳定，年薪是2万—10万美元，没有什么明显的优势，更不是什么“铁饭碗”。相反，自己创业或者劳动者更自信。如果到餐厅用餐，服务生会非常热情地接待你，然后在吧台里面，甩着胳膊，挥动着酒瓶子，调着酒，不厌其烦地上菜，一个菜吃完后就马上撤下去，再上另一个菜。如果是熟人来用餐，服务员非常热情地打着招呼，像老朋友似的，聊天，说笑，非常亲切、友好，消费者没有那种对服务员呼来唤去的蛮横、霸气和傲慢，那种颐指气使。服务员也没有觉得自己地位低下、唯唯诺诺、自卑怯懦，或者对客人心怀不满和不耐烦，在美国人人都是平等的关系。这就是美国人的奋斗，靠自己的勤劳创业生活，自信而充实。如同美国女作家玛格丽特·米切尔的小说《飘》，战争将一切都改变了，当生活的全部重担落在了一个原先高床软枕、锦衣玉食的大小姐、19岁的斯佳丽肩上，这需要巨大的勇气和毅力。故事的结尾，斯佳丽自言自语地说："还是留给明天去想吧……不管怎么说，明天又是新的一天……"这就是美国人的奋斗。

美国对劳动十分热爱，努力工作，然后更好地享受生活，如旅游度假、看电影、逛公园、去博物馆、图书馆，等等，甚至躺在草坪上什么也不做，静静地晒太阳、发呆。美国人会玩也是出了名的，什么嘻哈风格的摇滚、牛仔风格的休闲、踢踏舞的随意、爵士舞的夸张、芭蕾舞的高雅，等等。美国是一个崇尚自由的国度，我们在旧金山的标志金门大桥参观，在岸边，看到一个站立的嬉皮士风格的雕塑，脸颊消瘦，神态漠然，双手插在衣兜里，衣领竖起，肩膀耸立，冷清清的样子，一副玩世不恭的神态。我们看完后觉得十分有趣，估计世界上也只有美国能创作出这样漠然冷酷、意味深长的雕塑作品。因为金门大桥常常大雾弥漫、人们心情郁闷，据说来这里自杀的人很多。

美国人个性自由，崇尚享受。美国的电影更是引领世界潮流，奥斯卡金像奖是世界上最高的电影奖项，我们在洛杉矶大街上闲逛，看到中国影楼的恢宏和气派，以及星光大道上明星的脚印和手指印，人们趋之若鹜，一睹好莱坞的繁华和热闹。迪士尼乐园更是成为世界游乐品牌。至于美国博彩业的合法、同性恋的合法，尽管仍有多数州和联邦政府不承认同性婚姻，但是美国的纽约州、康涅狄格州、爱荷华州及华盛顿特区承认同性婚姻合法、吸食大麻的合法（目前美国只有科罗拉多州实行）等，更是呈现价值观、人生观、世界观的多样性和多元化的趋势。我也第一次进入赌博场所，看一看到底什么是老虎机，什么是赌博，因为在这之前从来没有进出过这种场合，总觉得不是什么好人去的地方，是非之地、鱼目混珠。进来之后才发现，这里不是牛鬼蛇神，只是人们休闲娱乐的一个场所，年纪大的人也很多，而且老太太们居多，她们玩得不大，少输点钱也没有关系，就是图一个“乐”字，估计她们的心情和我们中国老太太晚上出来跳一会儿广场舞，没有什么区别。

这次美国之行时间短暂，而且没有真正定居，没有更多地接触当地人，没有真正了解当地的文化、历史背景，比如对美国的宗教、美国的移民政策、美国的弱势群体、美国的选民制度等都没有做很深的了解和细致的观察。仅仅就看到的、想到的、感受到的，粗略写出来，与朋友们共享。

2015年11月2日

浪漫之都——法国行

当“浪漫”变成一个国家的代名词时，你可想而知它的味道和情趣，是摇曳的红酒、灿烂的鲜花、迷人的时装、氤氲的香气，更是散落一地的梧桐树叶在秋风吹拂下翩翩起舞。带着向往、带着新奇、带着无言的诱惑，我们踏上了西欧之旅的第一站—法国。

在国内机场换现金时发现一件有趣的事。在航站楼，导游推荐的一个人为游客们兑换欧元时，多要了我 180 元人民币，我们当时也没多想，就登机了。后来导游见我问：“你是最后换欧元的那个人吗？”

我说“是”，他说：“换钱人多收了你的钱，让我退给你。”

如果他们其中一个人不给、另一个人不说，我怎么能知道呢？

这件事让我很欣慰，尽管社会上有许多不尽如人意的事情发生，但是通过这件事，我仍然对人性充满信心。

就让这件令人高兴的事开启文明之旅吧！

一、凯旋门和协和广场

巴黎的街上秋意初起，黄色落叶翻飞。今天是天主教的圣母升天日，马路上行人不多，低矮的楼房仿佛也静静祈祷，不喧嚣，不夸张。路边楼房大部分阳台上都摆放着五颜六色的鲜花，竞相开放。花枝藤条蔓延，全部散散地搭在铁艺阳台的外面，与灰白色的石头交相辉映。将鲜花摆在户外我只是在书上的插图见过，在我们国家，虽然楼房阳台上也摆放鲜花，但绝大多数都是在自己家范围之内，玻璃窗、防护网层层安装。从古至今，谁家有钱了，发达了，首先想到的是深宅大院、防护高墙、门窗紧闭、保安家丁。而在这里，将户外都装饰得如此漂亮美丽，“墙内开花墙外香”，它注定是一个祥和安宁、开放浪漫的艺术国度。

当湛蓝的天空映衬着朵朵白云的时候，当空气中流动着喜悦和惊奇的时候，名扬天下的凯旋门已经站在了我们的面前。一瞬间，我有些迟疑，有些发呆，那高大恢宏的气势、方方正正的造型、齐边齐

沿的棱角、精美细腻的雕刻，瞬间感染了心房。

丝丝微风从四个方向的灰色拱券门穿行，仿佛是凝重与清新、远古与现代、严肃与唯美、刚硬与柔和的一次绝美邂逅。穿过四个门洞方向，蓝天白云在整体建筑的上方飘荡、环绕，深情地凝视着它，抚摸着它，空气中弥散着别样的温暖。

这座雄伟的建筑是为纪念拿破仑1806年2月在奥斯特尔里茨战役中打败俄、奥联军而建的。以凯旋门为中心，城市中的12条大街向四周辐射，气势磅礴，形似星光四射。凯旋门也就成了巴黎的市中心，成了交通枢纽。据说，第一次世界大战后，在这座宏伟的凯旋门下又修建了一座“无名烈士墓”，里面埋葬着一位在大战中牺牲的无名战士，他代表了整个大战中死难的150万法国官兵。所以后来几乎每天都有人来此献花悼念英烈，这为凯旋门又增添了一种悲壮的豪情。“一将功成万骨枯”，任何战争的胜利都是以死亡为代价的，每个将军的凯旋也是以死难战士不能回家为代价的。

凯旋门与巴黎的另外一个著名的协和广场遥相呼应，香榭丽舍大街便是连接协和广场与凯旋门所在的戴高乐广场之间的通道。

“香榭丽舍大街”的名字是徐志摩翻译过来的，原意是“田园和乐土”。徐志摩早在《巴黎的鳞爪》中写道：“咳巴黎！到过巴黎的一定不会再稀罕天堂，尝过巴黎的，老实说，连地狱都不想去了，整个的巴黎就像一床鸭绒的垫褥，衬得你通体舒泰，硬骨头都给熏酥了。”是的，现在的巴黎，是摩登和时尚，是香风微醺的夜色，是摩登女郎的妩媚，是艺术雕刻的雅骨，是精致入微的脸庞，是帅哥、是美女，是大衣、是丝袜、是LV、是爱马仕，更是波尔多的葡萄酒。可是，你不知道，巴黎的另一面，是血腥、是残忍、是尸骨，是号啕大哭，是血滴成河，是阴森坟墓。

香榭丽舍大街的另一头就是协和广场。别看现在这个名字听着很和谐，很舒服，但是，这里曾经是刀光剑影，曾经血流成河，它的名字曾经是“路易十五广场”，法国大革命时期又被改名为“革命广场”，路易十六、丹东、罗伯斯庇尔这三个曾经掌握法国命运的人，曾经死

于同一个刽子手之下，死于同一座广场之上。

现在协和广场上人人欢笑着，悠闲地享受着夏日暖暖的风，暖暖的阳光。流动的水榭在青铜塑像“河神喷泉”“海神喷泉”上喷射，闪亮的水珠在太阳照射下愉快飞舞，细腻柔和的青铜器的雕刻精美而传神。这里已经没有血腥，历史的烟云就这样飘逝了，被杀戮的人头早已经滚进阴森森的坟墓里，法兰西残酷的封建制度也随着历史车轮的行进而遭遗弃，法国开启了共和国时代。巴黎这座城市，早已随着空气中氤氲的香水味儿而变成柔软轻盈的时尚和前卫之都。

所以孟德斯鸠说：“共和国的精神是和平与温厚。”

当我漫步在广场，抬头仰望着高 23 米、有 3400 多年历史、由埃及总督赠送给法国的埃及方尖碑，此刻它已经没有什么政治作用，只是成了一个巨型日晷的晷针，而协和广场则成了“晷面”。每天随着日移地转，方尖碑在协和广场上一分一秒默默地投下时间，时间又一点一滴静静地凝集成历史。

我想，任何事物的发展都是一个从蒙昧无知到开启智慧的过程，从杂乱无章到秩序井然、从动乱到和平的过程。只有到了组织细胞的稳定和有序时，才是其本质的真实反映，也才是其性质的确定时期。

一个社会、一个国家的发展如此，一个人、一个事物的发展也如此。就像此刻的我，我非我，我只是一棵树，一棵静静站在香榭丽舍大街旁边的梧桐树。

香榭丽舍大街长约2.5公里，有上下两道共计8个车行道，笔直宽阔，望过去，视野开阔。大街两侧，就是法国最著名的树种——梧桐树。只见它们高大挺拔，墨绿色的枝叶密密匝匝，十分繁茂，在此刻浓烈的太阳照耀下，片片亮泽，闪烁，散发着夏季里最后的热情。阳光透过缝隙，闪耀着星星点点光影，与凯旋门相守、相望，感受四季变化的温暖和沧桑，感受灰色凯旋门的宁静墙体和协和广场上青铜雕塑流动的水榭。

感受历史、感受未来、感受日月星辰、感受世间冷暖。

二、凡尔赛宫

凡尔赛宫的广场上人山人海，只为一睹它的芳容。

知道凡尔赛宫是在中学历史课本上，《凡尔赛合约》在法国的凡尔赛皇宫签订，它是世界五大宫殿之一（中国故宫、法国凡尔赛宫、英国白金汉宫、美国白宫、俄罗斯克里姆林宫）。

凡尔赛宫广场上，参观的人群排着长队，熙熙攘攘。高低不平的石头路面显示了它的久远和历史。进了门之后，冷不防倒吸一口冷气，眼睛不知道是该迎合还是该避让。

这就是骄奢淫逸的法国封建专制下君王的宫殿。它金碧辉煌，极尽奢华，极尽艺术，极尽想象，极尽灿烂。抬眼望去，高大的穹隆绘画色彩烂漫，形象传神；各类雕塑细腻逼真；耀眼的精美水晶宫灯熠熠闪烁；宫廷里宽大的帷幔、挂毯装饰细碎繁华亮丽、花团锦簇、珠围翠绕。各种各样的物体在这里缤纷呈现，繁杂雍容，富丽堂皇。凡尔赛宫是动与静，光与影，虚与实，色与彩的丰富、完美统一。

凡尔赛宫就这么热情奔放，甚至夸张艳丽得让人炫目，让人一览无余，让人低头走在图案精美的地面上也想驻足停留。

“镜厅”是凡尔赛宫的标志，它全长 76 米。一面是 17 扇朝向花园的巨型拱形门窗，另一面是 17 块镜子镶嵌在墙上与之对应。这些镜子由 400 多块镜片组成，可想而知它的闪耀和绚丽。临窗而望，美丽的凡尔赛花园蓝天白云、喷泉飞舞、莺转啼鸣。室内，境片飞霞、光影闪烁、蜡烛摇曳，绚丽神秘。抬头，穹隆绘画《圣经》人物若隐若现、扑朔迷离。

这就是著名的凡尔赛宫，这就是闻名于世的“镜厅”，这就是《凡尔赛合约》签订的地方，在这里，英、法、美强国在耀眼的灯光下，在闪烁的亮镜前，手里潇洒地拿着漂亮的鹅毛笔，却如同一把钢刀般地将中国瓜分。中国五四运动的导火线就是在之前巴黎和会上讨论的《凡尔赛合约》条款中，将战败国德国手中侵占中国山东等地的权利让给日本。

辉煌的色彩和气势只有在盛极时才能放出绚烂的光辉，当权力失色时，一瞬间什么也没有了，只有破烂的堆积和无奈的叹息，仿佛墙角边那个逃生通道鬼祟地穿行。

此时，凡尔赛宫的光耀闪烁似乎被掩埋了，掩埋在曾经法国大革命时代的血雨腥风里，掩埋在中国丧权辱国的炮火连天里。从这里开出的英法盟友军队直捣中国，1860 年火烧圆明园，1900 年屠杀义和团，直到辛亥革命。中国的近代历史像碎了一地的水晶玻璃那样凄惨，那样扎心，丝丝如血，片片含恨。1789 年 10 月 6 日，凡尔赛宫骄横的主人路易十六被民众挟至巴黎城内，凡尔赛宫作为王宫的历史至此终结。在随后到来的法国大革命恐怖时期中，凡尔赛宫被民众多次洗掠，宫中的家具、壁画、挂毯、吊灯等陈设物品被洗劫一空，门窗也被砸毁拆除。

历史就是这样的无情。曾经的一切都化为虚无的风，飘走了。每个朝代、每段历史就像大海里的浪花那样，翻滚、绽放、消失。

三、卢浮宫和塞纳河

多少人趋之若鹜，多少人梦寐以求，多少人以去过卢浮宫为自豪，多少人沉醉在卢浮宫而不忍离去，全世界西方最精美的艺术几乎都集中在这里。

熙熙攘攘的人群将浩浩荡荡的队伍从室内一直延续到室外，只是为了一睹它的芳容，只是为了感受它的魅力，只是为了和大师做心与心的交流。

法国的艺术不是遮遮掩掩，欲说还休，不是伪道学者的浸淫和肮脏，是艺术，是与生俱来的一种高贵和优雅。朱自清在 1933 年《欧游杂记》中写道："巴黎人谁身上大概都长着一两根雅骨吧，你瞧公园里，大街上，有的是喷水，有的是雕像，博物院处处是，展览会常常开，他们几乎像呼吸空气一样呼吸着艺术，自然而然就雅起来了。"法国的孩子们从小经常出入于博物馆，他们对艺术的鉴赏与挚爱已经融入生命中了。

是的，连讲解员都是那么的雅。讲解员叫保罗，法国人，汉语说得十分流畅，节奏把握很到位，不急不慌，不紧不慢，在人群中穿行，见到轮椅车总是说"first"，这个微小的动作就是"雅"。

卢浮宫就是艺术的殿堂，精美细腻的画像和雕刻永远矗立在世界文明的顶级塔尖上。据说，这里总共有 40 多万件藏品，如果将这些藏品都要参观一遍，至少要用一个月的时间。

"镇宫之宝"中最熟悉的莫过于达·芬奇的《蒙娜丽莎》了，世界名画，中学课本中也曾经作为详细的介绍，商家也发行过精美的同比例挂历。当我来到展厅时，远远地看到一大群人在一幅画前面，里三层外三层挤得水泄不通。果然，《蒙娜丽莎》在那里。好不容易靠近，却发现比我想象的要小很多，据介绍只有 77cm × 53cm。而且为了保护作品，在油画的外面又做了一个透明玻璃罩，所以画面看起来又小又模糊，在画的周围还用栏杆围起来大约 1 米长距离的围挡。

其实卢浮宫中类似《蒙娜丽莎》这样的作品很多，只不过名气没有这幅画那么大。

在这样的环境中穿行，一抬头，穹隆顶上是精美的图画、绝妙的造型、丰富的色彩。人物仿佛都是鲜活的，真实的，喜怒哀乐尽情展现。或者是裸体人物的活灵活现，或者是衣服褶皱在风吹拂下的动感跳跃，或者是画面的逼真完美，都让我们惊叹不已、感慨万千。巴黎的艺术几乎全部是裸体艺术。这种裸体，没有丝毫的亵渎，是美、是艺术，那是一种震撼的感觉。卢浮宫的雕塑或者画像，件件都是气势磅礴，散发着无言的黄金般的神秘魅力。我漫步在卢浮宫，寻觅着、思索着，纷涌而至的参观人群都在艺术前啧啧称赞，这是最灿烂的艺术殿堂，用线条和色彩，展示着法国艺术气魄，法国艺术的巅峰之作。

动人心魄的东西往往不是大圆满的结局，比如徐志摩和林徽因、罗密欧与朱丽叶、梁山伯与祝英台、贾宝玉和林黛玉，他们的爱情让人唏嘘不已。我突然发现，卢浮宫的三大“镇宫之宝”似乎都有些缺陷，微笑的蒙娜丽莎仿佛有没有眉毛、飘飘欲仙的尼卡“胜利女神”无头折臂、美神“维纳斯”是断臂。

难道残缺也是一种美吗？这种残缺是有意的还

是无意的？尤其是对于《蒙娜丽莎》这幅世界名画来说，主人公没有眉毛，心中不禁有些疑惑，到底是达·芬奇当年画这幅画的时候就没有画眉毛？还是在岁月的流逝中，因为色彩暗淡而逐渐消失了？也有的版本说是那个年代法国女性流行刮掉眉毛。几百年来，人们猜测着她的模样，揣摩着她的心思。不管真实的历史是什么，她那神秘的微笑永远吸引着你。那么，就让我们永远把它作为一个留给别人更多的思考空间吧！

大概人类就是在不断地追求完美却永远达不到完美的状态才是最完美的。科学追求的是真，道德追求的是善，艺术追求的是美。这种追求永远没有尽头，只有怀着谦卑和恭敬的心，只有用高尚、纯洁的灵魂拥抱人性，只有对无边的世界报以无尽的热情，没有懈怠、没有傲慢，才能产生千古绝唱！达·芬奇曾经说过："如果灵魂是杂乱无绪的，那么，具有这个灵魂的人体本身也必定是杂乱无绪的。"达·芬奇独创的朴实、明快的线条、和谐的构造，像涓涓的流水渗透到每一幅作品中。他的作品完全是世俗的，是不夸张的，是静静的流露，不管是蒙娜丽莎的朴素而简洁的外表流露出了内心的沉静，还是那张并不漂亮也不年轻的面孔中闪现的微微笑容，都是那么稳当、细腻而聪慧，秀雅而纤细、从衣袖中缓缓伸出的小手在腰间轻轻一搭，搭出了内心世界的平静、安宁。这幅画也被称为"西欧艺术史上第一幅心理肖像画"。

卢浮宫，我这里徜徉着，贪婪地欣赏着，完全被各个艺术作品震撼，各种色彩，各种线条，各种风格的表现，都是那么的美。别林斯基说过："对古希腊热的艺术心灵来说，一切自然形态都曾是同样美的，但是，人的精神是最高尚的容器，古希腊人的创作目光是尽情地、骄傲地贯注在人的美妙躯干和人的美不胜收的形态上。"

塞纳河是巴黎的眼睛，清澈，明亮，坐在游船上沿河而行，微风拂面，河水荡漾，两岸秀美的风光映入眼帘。一座座风格各异的桥梁徐徐闪过，每一个桥梁上的雕塑都是细致精美、形态各异，每一座桥梁都是一个传说。有的桥体上面的栏杆挂着密密麻麻的铁锁，据说，巴黎每天有许多恋人将锁子锁在上面然后将钥匙扔到塞纳河中，以此来象征永结同心，也象征爱情的天长地久和海枯石烂。

但是，爱情难道是一瞬间就能明白的含义吗？爱情需要用外在的方式来表现吗？爱情是能让客观物质证明的吗？爱情是你我心中永远无法言说的情与欲、冰与火、爱与恨、义与理的交织和碰撞。

这就是法国的母亲河—塞纳河，孕育了伟大的艺术和辉煌的文明，他们像满天的繁星浩瀚而深邃。游船缓缓而行，巴黎独有的灰色与黑色相结合的风格的建筑也依次进入我们的眼帘，遥远巴黎就这样一览无余地展现在面前。对于法国，中国人并不是很陌生。革命活动家周恩来、邓小平在这里曾经做勤工助学并开始从事革命运动；作家巴金在法国写下了他著名的长篇小说《家》；音乐家冼星海在巴黎音乐学院学习过；画家刘海粟、徐悲鸿在法国接受过艺术的熏陶。

法国的艺术也被中国人喜爱和熟悉，法国作家巴尔扎克、莫泊桑、雨果的作品被我们收入中小学等课本中；艺术家罗丹、凡·高、塞尚等更被中国人热爱。尤其是凡·高，那夸张的向日葵也在中国的大地上燃烧着、燃烧着……

塞纳河左岸有许多绿色的木箱子，导游说这是卖书的摊位。白天打开门就是放书的架子。人们在河边悠闲散步时习惯阅读一下书籍，消遣慵懒的日子。也许因为我在图书馆工作的原因，对书籍十分感兴趣，我想当阅读成为一个国家国民生活中必不可少一部分的时候，我们或许就能明白这个国家文明发源和持续的动力。“世界上最优雅文明的城市，是那些能够独自安静下来并终身视书为良友的城市。”（《孤独的能力》陈染著）

漫步在塞纳河岸，两岸风光尽收眼底。想起徐志摩在《巴黎的鳞爪》中写道：

香草在你的脚下，春风在你的脸上，微笑在你的周遭。不拘束你，不责备你，不督饬你，不窘你，不恼你，不揉你。它搂着你，可不缚住你；是一条温存的臂膀，不是根绳子。它不是不让你跑，但它那招逗的指尖却永远在你的记忆里晃着。

塞纳河美丽的风光、独特的韵味、轻盈的碧波也孕育了流行的风尚和坐标，法国成为世界上著名的时装之都，老佛爷百货中心人山人海，当人们在购物时，我匆匆离开，商场空气中飘荡着氤氲的香水气味，多少人趋之若鹜，但是我不喜欢。我喜欢的味道是雨后泥土的香，是田野青草的香，是森林中松树的香，是婴儿身上奶味的香。

四、巴黎圣母院

走在巴黎的街道上，目光触及之处，总幻化为心中的风景，在这巨大的时空里，时尚高雅的法国人悠闲地享受着下午的慵懒时光。那是一种辉煌后的宁静，奢华后的质朴，极致后的回归。

下雨时，夜游巴黎。晚上的埃菲尔铁塔灯光闪烁，流光溢彩，气势磅礴才是它最精彩的篇章。整点时分，上万只灯同时亮起，塔身立刻呈现出金黄色，闪烁的灯光与霏霏细雨相互映衬，使巴黎夜晚灿烂而迷人，朦胧中整个巴黎的夜空仿佛浸入了丝绸般的璀璨和温馨。

穿行在巴黎居民区的街头，窄窄的巷道，灯光闪烁，街头的小吃飘着阵阵的香味，大部分巴黎市民都在这里居住。白天看到的基本上都是来旅游的异乡人，到了晚上，在这里闲散逛街的、品尝小吃的基本上才是巴黎人，他们下班后，出来逛逛街、散散步，放松一下。本来想好好感受一下巴黎深度游，但是天公不作美，沥沥下着小雨，初秋的雨在夜空中肆意抛洒，我们没有防备的单衣几乎湿透，又冷又累。

不过，当导游说要参观巴黎圣母院时，全车的人都异常兴奋。因为雨果的名著《巴黎圣母院》搬上银屏之后，人们熟悉它，喜欢它，热情、奔放、美丽的吉普赛女郎艾丝美拉达那深邃漂亮的大眼睛吸引了多少人的目光，人们在赞叹她的外表的时候，更被她的纯洁善良和充满正义感的精神折服。

细雨中那高大壮观的哥特式建筑巴黎圣母院静静伫立着，周围朦胧而肃然，透过闪闪烁烁，昏昏暗暗的灯光，雨滴细细密密斜织成一条条细线，教堂若隐若现地。只有那玫瑰花瓣的玻璃幕墙异常闪亮，悠悠散发着不可言传的神韵。据说，当年德法战争时，巴黎人为了保护教堂，将镶嵌在外墙的36块玻璃全部卸下来藏在家里，战争结束后，人们又重新安装了这些从不同家里地窖里取出来的玻璃，一块不少、丝毫未损。这时让我想起了高中课本有一篇文章《最后一课》，是法国作家都德的作品。至今我还记得文章的最后一句话是：

韩麦尔先生转身朝着黑板，拿起一支粉笔，使出全身的力量，写了两个大字:“法兰西万岁!”然后他待在那儿,头靠着墙壁,话也不说,只向我们做了一个手势:“散学了,你们走吧。”

或许,这就是一个普通法国人最朴素、最直接的爱国情操。此时,我仰望着高高的、闪烁着紫青色幽光的玻璃幕墙,是否有韩麦尔先生曾经保护过的一块?是否还带着他的体温,他的泪水?

此刻,圆形的玫瑰花瓣外墙上依然整齐地排列着,夜幕下透出一种淡紫色清幽的光。天主教的故事图案刻画在外墙体上,夜色中圣母纯洁温暖的脸庞那么安详宁静,怀中的婴儿一个个幸福地微笑着,像流水般地滑过肌肤,滑过点点雨滴,丝丝雨线,洒落在广场上,渗透在大地上,浇灌了土地,也浇灌了人们的心田。此时,小雨淅淅沥沥,轻轻敲打着巴黎圣母院的墙体。那厚重的砖石、宗教的人物、长满青苔的墙角,怎能不让人肃然起敬呢?

绕过正门,我走到教堂的侧面,依然是宏大的外墙高耸着,但是灯光明显的幽暗,清冷的雨一直下着下着,这里几乎没有什么游人,摸摸墙面,湿乎乎、凉飕飕的。

此时恍惚的我似乎又有些不敢抬头,丑陋的敲钟人卡西莫多干涸的嘴唇像一个特写的镜头推到了我的眼前,神父邪恶的眼睛泛着虚伪恶毒的青光。突然身上感觉有些冷,地中海气候夜晚的雨阴冷而潮湿,衣服几乎全部都淋透了。空气仿佛有些凝固和沉重,因为自己已经远离队伍,在人生地不熟的异国有些紧张，于是赶紧离开。我想寻找一堆篝火，驱赶走黑暗，温暖我，照耀我，也给吉普赛女郎艾丝梅拉达带来如火的勇气和坚强，如同她那身火红的衣裙一样温暖艳丽。

2014 年 9 月 16 日

魅力山水——瑞士行

一　引子

我曾看见过许多美丽的风景，但是，不能忘记你的模样！

我曾到世界上许多国家行走，但是，不能忘记你的独特！

你像画，一幅幅展现在我的眼前，我的心间，

你是歌，一曲曲弹唱在我的脑海，我的耳边。

我喜欢山，你就是山，就是“仁者”的化身，

我喜欢海，你就是海，就是“智者”的身影。

不能忘记那样的山，少女峰、雪朗峰的雄伟和壮观，

不能忘记那样的水，琉森湖、卡佩尔桥的悠然妩媚。

山与水啊，这样并行不悖地融入到一个地方，

仁与智啊，这样入情入理地汇聚在一个国家。

你的勇猛，似乎只有那闪着清幽冷峻光的瑞士军刀才能配得上世界上最果敢的士兵！

你的富庶，似乎只有那璀璨耀眼、高贵奢华的名表才能无愧世界首富之地！

你的和平，似乎只有中立的地位才能配得上那样一个欢声笑语鲜花遍地的国家！

你的魅力，似乎只有山与水的相恋、水与山的缠绵才有这样的惬

意和舒展!

二　卢塞恩市

汽车驶入瑞士关口后，感觉地形有所变化，不再像法国境内那么平坦。渐渐地，一座座山脉开始映入眼帘，山势连绵起伏，树木郁郁葱葱，这就是欧洲著名的阿尔卑斯山脉。阿尔卑斯山脉一路相随，山下，一个个湖泊像宝石镶嵌在山中绿草间，湖水因着不同的光线而颜色不一，有的是幽蓝幽蓝的，倒映着天上的朵朵白云和葱葱绿树，深邃清凉；有的是墨绿墨绿的，与山上的绿树相映成趣，相得益彰。迷人的光流淌于空山幽谷，古老的风笛声、朦胧的雾气在山谷间飘荡。路旁一座座红色屋顶的房子，点缀其中。真可谓湖光山色，美不胜收。真乃人间仙境也!

车上的游客都沉浸在这如诗如画的魅力景色中，甚至欢呼雀跃起来。

瑞士是山区国家，隧道很多。汽车时而行驶进黑暗的隧道里，时而又从隧道中出来。当汽车在隧道出口时，眼前的亮光又似乎像一朵朵黑色的花朵突然间开放。出了隧道，抬眼一望，蓝天、碧波、绿树、青草又马上呈现出来，像一道道神秘的光线交替而出，色彩变化得如此之快，如同瑞士生产的名表一般，炫目，耀眼，幽然地闪耀着荡气回肠的光。

就在这如画的美景中穿行，心情像天上白云般的轻盈飘逸，汽车缓缓驶入瑞士著名城市——琉森（又叫卢塞恩）。

我们来到了这个城市中一个著名的景点——“狮子纪念碑”前。

远远望去，在一个小花园，一小滩湖水，山麓岩石上的崖壁里面，有一块用完整的巨石雕刻而成的一座雕塑。这个塑像就是被美国著名作家马克·吐温称为“世界上最哀伤、最感人的石雕”。据说1792年8月10日，在保卫巴黎杜伊勒里宫的战斗中，为保护法国国王路易十六世家族的安全，786名瑞士雇佣兵战死。雇佣兵中就有许多卢塞恩人,因此,凿刻在山麓岩石上的这尊狮子纪念碑又被称作“卢塞恩之狮”。丹麦一位艺术家有感于他们的勇敢精神，用一整块大石头雕刻这座狮子纪念碑，用狮子象征瑞士军队的勇猛和果敢！

静静地走上前去，一只巨大的石狮子躺在石洞中，此时太阳光还没有完全照进洞中，狮子大部分身体处在阴暗中。只见它嘴角下垂，牙齿几乎完全掉光，眼睛半闭半睁，神态凄惨，狮子背上有支长矛插入，

狮子显得已精疲力竭，似乎战斗到流尽最后一滴血。让我想起曾经叱咤风云而今奄奄一息的垂暮老人。狮子的头部前方放着象征瑞士国家军队的十字形石盾和石制长矛。整座纪念碑给人以强烈的艺术感染力。我带着无限的敬意凝视着这张照片。恰巧在纪念碑的在下角有一枝伸出的绿树叶子，与狮子眼角相对。在这灰白的石头旁，在这肃穆的气氛里，这在生命的最后垂危时刻，就让这抹偶然的淡淡绿意带给它无尽的希望和力量吧！

瑞士军队的优秀、忠心、坚强和果敢已经享誉世界，他们像一把把锋利的瑞士军刀一样坚毅和顽强。至今在梵蒂冈，雇佣军依然是瑞士的军队。

只有勇敢才能保护家园！只有家园安宁才有人们的乐土！

让我欢畅的要数美丽的琉森湖！那种美，有一种几乎令人窒息的感觉。见过新疆天山的天池，在遥远的天山脚下，神秘亘古，孤单寂寥，就像传说中的香妃那样，在失去丈夫霍集占之后被俘，对乾隆爷百般柔情冷漠相对，永远忧伤地活在自己的世界里，活在天山的世界里，离群索居。而瑞士琉森湖就在家门口，就在街道旁，就在路灯下，就在身边。她就是邻家的小阿妹，清纯可爱、漂亮迷人、婀娜多姿、活

力无限。碧波荡漾的湖水，摇曳多姿的天鹅，赭红色外墙的别墅，欢快轻盈的游船，远方闪耀的雪山，雾气缭绕的山腰，茂密翠绿的森林……满眼的景致、满心的欢欣！湖水中的天鹅也仿佛知我心，在我眼前嬉戏，久久不愿离去。只见它们或者梳理羽毛，或者展翅飞翔，或者窃窃私语，或者耳鬓厮磨，一只只婀娜舞姿和娇美神采，舒展而大气，优雅而纯洁。因此瑞士的琉森湖也被称作为“天鹅湖”。

坐在岸边，微风佛面，湖水迷离，满眼是清新秀丽的景致，人们都沉浸在这世外桃源般的美景中，悠闲释然，自得其乐。一位外国女士和她的宠物狗儿也都浸润在这无边的喜悦中，沐浴着阳光，微微的笑容显现在脸上。过去，我总是对狗啊、猫啊这一类的动物敬而远之，觉得它们都长得一样，神态也是凶神恶煞的。直到我家养了拉布拉多犬保罗之后，我才敢正眼瞧瞧它们，发现它们也有喜怒哀乐，也有七情六欲。瞧！眼前的主人和她的狗狗都是那么开心快乐，荡漾在脸上的微笑如湖水般的温暖惬意和舒心。点点阳光照在湖水上，照在主人的脸上，也照在狗狗脸上，此刻，她们都被这怡然自得的情景感动。我更是沉浸在这无边美妙的意境中，心醉了，心空了，心化了，仿佛是飘飘的仙人，在悠悠的湖水中，在缥缈的山腰间穿行。

与琉森湖相呼应的卡佩尔大桥，它造型独特，弯延曲折，鲜艳的红花垂挂在桥体上，远远望去，像是一条通往婚礼的彩色大道。它是欧洲最古老的有顶木桥，长约200米。桥体有两个转折点，桥身近中央的地方有一个八角形的水塔。金黄色桥顶在太阳的照射下熠熠生辉，与红花绿叶形成鲜明的颜色，桥体横跨在碧波荡漾的罗伊斯河上，颇具浪漫。

我们牵手走在桥上，悠然自得，望着彼此鬓间的白发，相视一笑。“只是因为在人群中多看了你一眼，再也不能忘掉你容颜。”

如何，让你遇见我？
在我最美丽的时刻
为这——
我已在佛前求了五百年
求它让我们结一段尘缘
佛于是把我化作一棵树
长在你必经的路旁
阳光下

慎重地开满了花
朵朵都是我前世的盼望!
席慕蓉《一棵开花的树》
……

——席慕蓉《一颗开花的树》

琉森有金色山口火车站，我们坐火车前往因特拉肯市。沿途湖光山色，风光旖旎，绿树成荫，芳草遍地。瑞士政府的口号是“不能有一寸裸露的土地”，他们说到了，也做到了。

三 因特拉肯市

因特拉肯是瑞士阿尔卑斯山脚下一个魅力小城市。如果是在琉森，感受到的是水的神韵，那么在因特拉肯，是山的魅力。阿尔卑斯山就在眼前人们的眼前，一抬头，少女峰若隐若现，时而阳光照耀，雪山露出微笑，时而云朵飞舞，雪山羞涩掩面，时隐时现，朦朦胧胧，出神入化，银光流泻。再看人们欢快地享受这人间的美景，一些人挑战飞翔，五颜六色的滑翔机时时在空中飘摇、飞舞，像蝴蝶般美丽轻盈。

抬头是仙境，转身是风景。山脚下，芳草萋萋，绿树茵茵，鲜花盛开，亭台水榭。每个角落都是景致，每条街道都是歌谣，每个行者都是音符，每个商店都是闪耀。因特拉肯市，最瞩目的就是钟表商店，世界上著名的表全部集中到这里，什么百达翡丽，什么劳力士，什么欧米茄，等等。游客们买不买再说，看一看无妨，开开眼还是要的。

嘚嘚，马蹄声进入耳膜。一匹健壮的纯白色马匹拉着一辆古色古香的传统马车在因特拉肯主要街道——霍赫街上行驶，这是为游人专门准备的观光马车。一面是高级耀眼呼啸奔驰的现代化跑车，一面是气定神闲自得其乐的漂亮马匹，这巨大反差让我们有种穿越时空的感觉，激动不已。所有的人都沉浸在这惬意美丽的世外桃源里，孩童奔跑着在草坪上游玩，成年人悠闲地坐着，聊着，喝着咖

啡，或者什么也不干，就这么呆呆望着，满眼的景致、满心的欢喜，享受着人间仙境。这里的美，是一种风情万种、俊雅俏丽的美，像瑞士的名表一样，既清幽静谧又动人心魄。轻悠悠的，亮闪闪的，精致而细腻，典雅而舒展。

啊！美丽的雪山！风景如画的瑞士！

进过三次缆车的周转，终于上到了雪朗峰！

登上阿尔卑斯山的雪朗峰，眼前出现了白皑皑的雪山顶。我们兴奋得像个孩子欢呼。

演员詹姆斯·邦德扮演电影角色007雕像在这里矗立，手拿着枪，冷峻地注视着远方。我们做出与“007”同样酷的动作，拥抱山，拥抱风，拥抱雪。单薄的外衣尽管抵御不住雪山上的寒冷，但是心中的喜悦像阿尔卑斯山上的风，在俄罗斯诗人曼德尔施塔姆的诗句中穿行：

我冻得直哆嗦——
我想缄口无言！
但黄金在天上舞蹈，
命令我歌唱。

——《我冻得直哆嗦》

雪山横亘在灰黄的山峰间，在蓝天的映衬下雄伟壮观。有恢宏豪迈之气，有巍峨壮丽之魂，有气贯长虹之势，有惊天动地之韵。心中涌起的波澜在崇山峻岭间激越澎湃。当山风吹在脸上瑟瑟发冷的时候，当阳光刺痛眼睛悄悄流泪的时候，心融化了，意升腾了，而时间仿佛凝固了，停滞了，一切都洋溢着一种幸福感的美。这种美是一种大自然神奇的美，是如梦如幻的美。雄伟的雪山、缭绕的云雾、清脆的鸟鸣、松软的草地、飞扬的树叶、流淌的水榭、幽静的森林、掠过的云雀……游人们都被这别致、优雅的美吸引了。

诗人阿兰曾说：“如果眼睛自由了，头脑便是自由的。”我只有极目远眺，在雪山间，在森林中，在山谷里，在茫茫的苍穹宇宙中寻找心中的涟漪和自由！

在我心中，瑞士是一个和平圣洁之地。瑞士国家在外交上采取公正和中立的政策，也使它免遭两次世界大战之苦，因此有很好的发展基础和环境。著名的万国宫是联合国驻欧洲总部，已成为重要的多边外交活动中心之一，有关国际裁军、卫生、气象、人权等涉及世界和平、经济发展和社会进步的许多重大国际会议都在这里举行，著名的达沃斯论坛就是在瑞士召开。日内瓦会议更是重要的国际会议。1954 年，周恩来总理曾率代表团参加了关于越南问题的日内瓦会议；1961 年，陈毅副总理率代表团参加关于老挝问题的日内瓦会议。

瑞士的富庶也让人瞠目结舌，它是全球最富裕、经济最发达和生活水平最高的国家，人均 GDP 居世界前列，旅游资源丰富，有“世界公园”的美誉；伯尔尼是联邦政府所在地，瑞士两个著名全球性都市苏黎世和日内瓦分别被列为世界上生活品质最高城市的第一和第二名，全世界富人的存款都在这里。瑞士银行号称世界上最安全的银行，一直坚持着为储户永久保密的原则。

瑞士的名表更是耀眼闪亮，素有“钟表王国”之称，瑞士表占世界总产量的40%，全世界出口的手表中每10块就有7块来自瑞士。种类繁多、做工精美的各类手表深受人们喜爱。

在西欧行的旅程中，瑞士是最美丽、最干净的一个国家，也是让我最愉快的一个国家，到处都是惬意和温暖，是舒心和欢畅。在因特拉肯，我被一家咖啡馆门前的鲜花吸引，正在欣赏的时候，正巧女主人出来浇花，我用蹩脚的英语简单和她交流了几句。她灿烂的笑容荡漾在脸上，友好地向我介绍花的种植。她说在天气凉的时候就搬进屋子里，到明年的春天自然又生长出来，无须再栽培。

一个让我难以忘怀的世界上最美丽、最富庶、最和平之地——瑞士。

它也是我喜欢的世界网球运动员罗杰·费德勒的故乡。一个肌肉和线条都健硕有型的男子，一个将网球弧线挥洒得优美飘逸的男子！

2014年9月18日

五味杂陈——意大利行

从瑞士坐汽车到意大利。进入意大利的关口，就开始感觉这里与法国、瑞士有所不同，地势地貌不同，风格建筑不同，干净程度也不同。在法国，除了人群密集的个别商场、码头外，大部分地方很干净。瑞士这个旅游国家更是相当整洁漂亮，在去因特拉肯的路上，两个小时的火车，只看到路边有一个空塑料瓶。而一进入意大利关口，导游给我们办理关税的时候，我从车窗外望过去，地面上有很多塑料瓶、纸屑、烟头等垃圾。

晚上入住在米兰附近的一个宾馆，用早餐时出现了令人不愉快的事情，餐厅服务人员竟然对客人自取早餐要限量。我们找导游讨说法，而导游竟然也默认了，没有给大家争取。这种明显歧视中国人的态度，让我一开始对这个国家没有太多的好感。

一　佛罗伦萨

熟悉意大利是从高中地理课本上的“高跟靴”来的，因为意大利半岛形状在地图上像一只高跟靴，当时任课老师怕我们记不牢，就用这种形象的办法加深学生的记忆，尤其在做填充图案题目的时候。

而我们穿着平底鞋进入了佛罗伦萨城市。徐志摩把它翻译成“翡冷翠”。我发现诗人的想象力就是不一般，再普通的景物或者事物在

他眼中也与众不同，翻译出的名字也十分浪漫，比如“翡冷翠”，一听就那么富有质感和灵魂，他的《翡冷翠的一夜》仿佛一只碎了一地的绿色翡翠手镯，在幽静的夜色中透着美丽、冷艳、高贵。

……
爱，就让我在这儿清静的园内，
闭着眼，死在你的胸前，多美！
头顶白树上的风声，沙沙的，
算是我的丧歌，这一阵清风，
橄榄林里吹来的，带着石榴花香，
就带了我的灵魂走，还有那萤火，
……

——徐志摩《翡冷翠的一夜》

我们在城市中窄窄的巷道、高大的墙体间穿行，仿佛穿行在艺术的生命里，仿佛穿行在时代的走廊中，仿佛穿越了时空的流转。那一个个鲜活的生命在记忆深处跳了出来，耳熟能详的名字唇齿间显现，他们像是生命力最亲和的音符，一个个欢畅着、舒展着，扣动你的心弦，撞击你的耳膜，就这么悠然地流淌在这安静的巷子里。徐志摩的诗也像一片云，像一阵风，飘散在这悠长、寂静的小巷里。

写作这首诗时，诗人正身处佛罗伦萨，客居异地的孤寂，对远方恋人的思念，爱情不为社会所容的痛苦，等等，形成他抑郁的情怀，这种情怀同他一贯的人生追求和人生信仰结合起来，便构成了这首诗独特的意蕴。佛罗伦萨的浓厚艺术气息陶冶了徐志摩，徐志摩让人们记住了他的飞翔。

如果说诗人命运和作品紧紧联系起来，文学史上恐怕最让人唏嘘不已的就是徐志摩了。徐志摩一生写了大量与飞翔有关的诗篇，可最后，他永远在飞翔中定格了自己年轻的35岁生命。

“假如我是一朵雪花，翩翩地在半空里潇洒，我一定认清我的方向，飞扬，飞扬，飞扬这地面上有我的方向。”（《雪花的快乐》）

“我不知道风是在哪一个方向吹——我是在梦中，黯淡是梦里的光辉。”（《我不知道风是在哪一个方向吹》）

“但它一展翅，冲破浓密，化一朵彩云，它飞了，不见了，没了，像是春光，火焰，像是热情。”（《黄鹂》）

1931年11月19日，他前往北平参加林徽因的中国建筑艺术演讲会，因飞机失事而罹难。他为情痴、为情狂、为情生、为情死。

人们记住了徐志摩、林徽因、陆小曼；

人们记住了他敏感的心，瘦弱的脸，浓重的眉；

人们记住了《再别康桥》《翡冷翠的一夜》，记住了佛罗伦萨，记住了意大利。

是的，把“艺术的摇篮”这个称呼给予佛罗伦萨一点也不为过。佛罗伦萨最为辉煌的时刻，像灿烂的星空中群星闪烁，散发出惊世的光芒，单单就这些大名鼎鼎的人物，足以让这座城市熠熠生辉，永载史册。当时集聚在佛罗伦萨的名人有：达·芬奇、但丁、伽利略、拉斐尔、米开朗琪罗、多纳泰罗、乔托、莫迪利亚尼、提香、薄伽丘、彼得拉克、瓦萨里、马基亚维利（《君主论》作者）等。而正是有了这些众多卓越的艺术家们创造了大量闪耀着文艺复兴时代光芒的建筑、雕塑和绘画作品，佛罗伦萨才成为文艺复兴的重中之重，成为欧洲艺术文化和思想的中心，成为文艺复兴时期“诗歌和绘画的摇篮”。

但丁曾经担任佛罗伦萨市第一任市长，至今，佛罗伦萨仍保存着他的故居，许多游人慕名前来这里参观。他的“走自己的路，让别人说去吧”成为多少人的座右铭。而被称作文艺复兴艺坛“三杰”的达-芬奇、米开朗琪罗和拉斐尔，在1506年聚会于佛罗伦萨，成为艺术史上的千古美谈，让我想起中国的“青梅煮酒论英雄”，什么叫“惺惺相惜”。

在这样一个艺术家云集的地方，连空气都仿佛浸润在艺术的圣殿中。

宗教与艺术总是相辅相成的，在佛罗伦萨矗立着全世界外观最漂亮的圣母百花大教堂。

我们没有进入教堂内参观，在外面就立即被它深深吸引。那种奶白色、浅绿色和粉红色的花岗石贴面，是那么的温和雅致，构成非常美丽、大气、开阔的外表，在蓝天白云的映衬下，温婉如玉，展现着女性优雅高贵的气质，所以圣母百花大教堂被称为“花的圣母寺”。

圣母百花大教堂被誉为世界上最美天主教教堂，是文艺复兴的第一个标志性建筑，被称为“文艺复兴的报春花”。其圆顶直径达50米，能同时容纳1.5万人同时礼拜，属于佛罗伦萨罗马式风格。教堂的外墙上，《圣经·旧约全书》中的故事情节分成10个画面，做成浮雕刻在教堂的外立面。

宗教，有人说是属于女人、孩子的宗教。因为它宣扬的是一种善良、圣洁、安详和宁静，没有暴烈，没有残忍，没有杀戮。使我想起《红楼梦》中贾宝玉说过的一句话“女人是水做的，男人是泥做的”。大概母爱更是一种博爱、无私、善良和宽容、隐忍、济世，是慈悲的象征。所以孟德斯鸠曾说过："在民法慈母般的眼里，每一个'个人'就是整个国家。

此刻，站在圣母百花大教堂前，熙熙攘攘的人群中，我们仿佛也被这母爱般的圣洁感染。那柔和的光线在风中移动，升腾着澄明和纯净的氤氲。站在大街上抬头仰望，典雅的教堂、垂吊的街灯、古色的大钟组成神圣而迷离的很有动感的画面，一切的动与静、悲与喜、善与恶，以及时光与死亡、历史与现实，都浓缩在这绵长淡然的街巷里。

沉浸在这样一个艺术的都城里，一切都那么有型，一切都那么养眼。

维桥官邸前面的广场又叫米开朗琪罗广场。这里矗立的雕刻很多，一个个非常细腻传神，刻画得精致艺术。被称为世界上最美的男子米开朗琪罗的《大卫像》（复制品，真迹在国家博物馆）就矗立这里。只见他魁梧的身材强劲有力，举向肩头的左手紧握着投石器，头扭着，威严的目光注视着敌人。这是米开朗琪罗 1501 年春天回到佛罗伦萨后开始着手进行的创作，1504 年终于完成。佛罗伦萨人在“大卫”身上看到了为掌权者树立的榜样，他们应该像古代传说中的英雄那样勇敢保卫祖国，于是，这一世界著名雕塑便诞生了。

大卫不是一个石头，仿佛就是一个活生生的人站在我们面前，因为米开朗琪罗的雕塑简直是神功之作。他用石头，将一个人的神态、表清、骨骼、肌肉、线条、甚至血管都传神地雕刻出来，将冰冷的石头赋予其有血有肉的生命和灵魂，我想此时此刻，米开朗琪罗已经将自己的感情完全融入在石头中，融入在人物的性格中，因为米开朗琪罗曾经写过一首十四行诗《夜》：

睡觉虽然惬意，更快活的是做石头，
啊，在这个罪恶的、可耻的时代，
不要活着，不要觉得生命令人羡慕，
我请求你们不要说话，不要把我惊扰。

尽管他描述的是《夜》这个雕塑的主题，但是从第一句话“更快活的是做石头”中就可以看出，他在创作的时候他将自己完全变成了一块石头。米开朗琪罗就是大卫，大卫就是米开朗琪罗，这是一种怎样高超精湛的艺术手段和创作思想以及艺术追求啊！米开朗琪罗就这样勤奋地全身心投入，直到 1564 年 2 月 18 日倒在自己的工作室里。

二　罗马

“条条大道通罗马。”

从地图上来看，罗马处于地中海地区的中央位置，形象地表明了罗马作为意大利的交通枢纽，它有铁路、公路、航路等通往全国各地。四个小时车程进入罗马，仿佛进入久远的历史沧桑。到了罗马才发现，罗马的街道并不宽敞，甚至可以说很狭窄，都是一些弯弯曲曲的小巷道。

导游反复强调“跟紧了，跟紧了，大家千万别走丢啊！”街道的地面上仍然是石头铺成的，楼房的墙根基也大部分是石头的。

罗马，曾经有一个响彻寰宇的名字——罗马帝国。

罗马城市建立的日期并不确定，传统认为是在公元前753年，罗马被誉为“万城之城”，是因为它有着辉煌的历史，罗马帝国的荣耀，天主教廷的至高无上，都构成了罗马2700年的辉煌，因建城历史悠久而被昵称为“永恒之城”。

罗马，一个永恒的都市。

提起罗马，我眼前似乎矗立着一个巨人，一个腰间挎刀、威风凛凛、严肃规整的军人，哦，似乎是屋大维。古罗马先后经历了王政时代、共和时代和帝国时代，从意大利半岛中部台伯河畔的一个城邦国家发展成横跨欧、亚、非三洲的大帝国。屋大维就是第一个建立了罗马帝国的君主。

隐隐约约记得中学历史课本上有过这样一个人，那时学习历史的热情不是很高涨，觉得这些东西离自己很遥远，但是罗马帝国的名字如雷贯耳。公元前28年屋大维获得“奥古斯都”（神圣、至尊的意思）称号，建立起了专制的元首政治，开创了罗马帝国。公元14年8月，在他去世后，罗马元老院决定将他列入“神”的行列，并且将8月称为“奥古斯都”月，我们汉语翻译成“august”，即八月。

在一个炎热的8月，我们来到了意大利，来到了罗马。

一个古老的城市，作为意大利的首都，以灰色为主要颜色的街道仿佛显示了它的与众不同。是的，它没有绚烂艳丽的色彩，只有清一色的灰，是那种透出坚毅、果敢和沧桑、衰落的灰色，是一种与瑞士截然不同的风格和气势。在瑞士，我的心是明快的，喜悦的，有一种想冲动的欢乐，在罗马，我的心是紧紧的，沉沉的，是静静的，呼吸也仿佛是地面上的石头最深处发出来的低沉气息。

不过，有一个人将罗马演绎得如痴如醉、如梦如幻，以至当记者问她你最喜欢意大利哪个城市的时候，她说“罗马，当然是罗马”。

这就是罗马，是公主殿下心中的罗马，一个充满灵动的城市，一个让人难以忘怀的城市，一个留下她一往情深的城市，一个不囿于宫廷礼数而向往自由自在生活的城市。在《罗马假日》的影片中，奥黛丽·赫本那动人的双眸、率真的性情，将美貌、活力、妩媚、典雅的公主殿下展现得淋漓尽致，引世界上无数男子为之竞折腰。奥黛丽·赫本不仅人长得漂亮，演技高超，她的语言、她的魅力更是内心世界的展示："人之所以为人，是必须充满精力，自我悔改，自我反省，自我成长，并非向人抱怨""女人之美不在五官，而在其内心折射的真美。这就是她给出的关爱和她表现的热情。女人的这种美是随着岁月流逝而增长的。"

随着赫本的脚步，请你慢慢走，慢慢看，慢慢想，街边的咖啡店、卖皮具的商店，那极具生活味道的场景处处可见。仿佛赫本坐在台阶上，梳着刚刚剪短的头发，穿着平底鞋，吃着冰激凌，一面打量着来来往往的人群，一面转动着美丽天真纯洁的大眼睛："我好想，我好想整日里做着自己想做的事。"

这是一个随性的城市，这也是一个充满情趣的城市。流动的水榭仿佛赫本迷离的秋波；满城的雕塑仿佛赫本精致的脸颊；随处可见的广场仿佛赫本率性的潇洒；恢宏挺拔的教堂仿佛赫本优雅的身姿。这个城市像赫本的性格那样认真严肃、气质高雅、性格坚毅，同时又能出人意料地谈笑风生，以无限的激情拥抱生活。

罗马的底蕴是那样的深厚，深厚到你不能一眼看穿它。

它古老的情愫仿佛渐入黄昏的天空，从容庄严，渐渐褪去华丽的色彩，隐去漫天的云朵，散去澎湃的热情，只剩下黝黑的夜空，暗淡的寂寞。一切似乎都安静了、沉寂了，包容了。

但是，罗马的色彩永远是丰富的，它不仅仅是赫本的轻松和欢快，不是与小记者浪漫的相识，不是诙谐幽默，更是一种沧桑、一种厚重。

当你站在罗马废墟的广场上，你就知道时光的无情：

活着的人好好活着吧

别指望大地会留下什么

一面面土黄色的断壁残垣，一堵堵风烛残年的破旧城墙。

当一个人把残酷当作乐事，当一个国家把血腥当作嬉戏，这个人、这个国家离灭亡也就不远了。

2700 多年前的一天，不知当日，罗马的天空是艳阳高照还是阴雨霏霏，只记得那天杜鹃滴血、残阳如裂。罗马城市中的斗兽场工程竣工之时，古罗马统治者组织、驱使 5000 头猛兽与 3000 名奴隶、战俘、罪犯上场“表演”、殴斗，这种人与兽、人与人的血腥大厮杀居然持续了 100 天，直到这 5000 头猛兽和 3000 条人命自相残杀、同归于尽。为了将鲜血很快渗入地面，即把竞技场的地面全部铺上了沙子。

今天，我不想试、也不敢试，在角斗台上随便抓一把泥土，放在手中一捏，我怕真的就可以看到印在掌上的斑斑血迹。

因为，我怕眼睛流泪，我怕心中滴血。

终于，曾经的“光荣属于希腊，伟大属于罗马”的辉煌过去了。

终于，曾经的气势磅礴的元老院、意气风发的恺撒大帝、气吞山河的罗马帝国，像一张大幕缓缓地拉下的一瞬间，只剩下一个背景固定在那里：恺撒大帝被刺 23 刀后，滴滴鲜血流淌在元老院的台阶上，罗马陷入了长达15年的内乱。

罗马的血腥终于应验到自己的头上，“因为每一名奴隶都是我们收养的敌人”。拥有200多万平方公里的土地、占领了40多个城国、拥有5000万人口的伟大帝国就这样山崩地裂、轰然倒塌了。

人去楼空，战马嘶鸣，今天只剩下这些废墟还隐隐在风中发抖，像圆明园的废墟一样。

此时，我站在占地约2万平方米、周长527米土黄色的罗马斗兽场废墟前面，只有无言。我甚至不能上前摸一摸它的温度，我怕印出红色的斑斑血迹。眼前，似乎晃动着眼睛已经发红的牲畜和奴隶战俘们的身影，震耳欲聋的呐喊声一浪高过一浪，撕心裂肺的哭叫和长号划过罗马都市的上空。

这座以拱、券等椭圆形为主要形状的建筑物现在已经面目全非，像一个失去血肉的人体骨架模型，架子还在，但是空空如也。80个拱门中间只有空气在其中飘荡，160个出口遍布于每一层的各级座位，被称为吐口，此时像一只只巨型野兽的大嘴，吐着舌头，喘着气，似乎想逃离这恐惧的死亡之地，角斗士们一个个红着眼睛，与野兽对视，此时已经分不出人与兽的区别了。9万名观众也像一头头猛兽失去了理智，失去了人性。

终于罗马帝国5000万人口中就有1600万奴隶的危机来到了，罗马帝国统治者的挥霍、好战以及道德沦丧带来的苦酒自己要品尝了，哪怕那是一杯毒酒。

曾经血流成河的古罗马斗兽场，曾经狂热呐喊的古罗马竞技场，此刻夕阳下的竞技场那么安静，那么荒凉，只有路灯孤零零地陪伴着它们，那顶站立千年的石柱仿佛孤独的老人，拖着长长的背影慢慢走向夕阳深处。游人们也大多数仅仅是远远地观望，很少有人走到城墙边驻足停留。“残阳如血，裂变如歌”，曾经的厮杀和号叫似乎渐渐走远，而带着的尾音却变成了一声长叹在城中飘荡，只有从断壁残垣的拱券形门上可以遥望到夕阳在它上空环绕。

罗马，一个让我想起庞贝古城的地方，就这样在暴走了半天后渐

渐远离。我也像赫本扮演的公主那样扭头一望，与这座古城告别

三　威尼斯

浓雾笼罩的清晨，远处的山树草像披了层薄纱，为意大利半岛增添了几分神秘的色彩。

汽车前往威尼斯。一个美丽的水上城市，也孕育了曾经在高中课本上阅读过的莎士比亚笔下《威尼斯商人》中夏洛克这样精明算计的商人。

大概这个地方永远和商业有不解之缘，因为威尼斯，也是让中国人很早就知道有一位意大利商人——马可·波罗的故乡。他 17 岁时跟着父亲来到了中国，在扬州住了 17 年，一个地地道道的中国通。35 岁回到威尼斯，后来又参加战斗，被捕入狱，在监狱里写了一部《马可·波罗游记》，让全世界都知道有一个黄金遍地、翡翠满城的国家，于是乎西方开始疯狂掠夺中国。

威尼斯水路四通八达，共有 150 条大小水道，是世界上唯一一个没有汽车的城市。所有汽车要想进入城市，都必须先到城外的码头停靠，

然后人们乘坐摆渡船再进入城市里。

我们坐上了威尼斯特有的一种船头船尾高高翘起的黑色平底小船“贡多拉”。它是由人工来划桨的，悠悠的，缓缓的，是威尼斯的灵魂。一千多年历史的古城，老房子，旧水巷，弯弯曲曲，幽深许许。狭长的水巷景深秀美，像30年代黑白电影中的画面。威尼斯的老房子全部在水上打桩建筑，有些地方长满了青苔，像是一个脸上长满老年斑的老妪，慈眉善目的，动作舒缓，让我想起一个新学会的意大利词汇“慢慢来，慢慢来”“bianaobianao”。

即使不是老者，没有关系，戴上威尼斯特有的面具，立即进入了另一个身份。

“人家尽枕河，水港小桥多”人们用这句话来称呼中国的苏州。我去过苏州，这座被称为“东方威尼斯”的城市也是那样精致秀气、曲水流觞的婉转轻快，不过，苏州的水域是河水，沉静内敛，而威尼斯水域是海水，更加宽阔大气。威尼斯其实是亚德里亚海中的一个岛城，整个威尼斯，是用百万根木桩撑起来的岛屿，共有117个小岛，401座桥，威尼斯就像世上一座巨型迷宫，只不过是灌满了水的水上迷宫。如果说中国江南水乡是靠哗哗柔绵的水声去涤荡人的心灵，那么意大利水城中，那悠扬的圣马可教堂的钟声使人得到安宁。

我们去的时候正值旅游旺季，摩肩接踵的各国游人使威尼斯变成了一个十足的旅游城市，听说当地有些人因不堪忍受嘈杂的旅游环境而搬迁。一个接一个的“贡多拉”满载游客，川流不息，河岸上商贩的叫卖声也是此起彼伏，尤其在威尼斯竟然也能看到世界名牌的围巾、箱包赝品。这些小商小贩多数是黑人，他们似乎也和意大利警察展开了“猫捉老鼠”的游击战，一看到警察来，他们拎着包仓皇逃跑，过一会儿又大摇大摆地站在马路中间叫卖。所以比起法国和瑞士，意大利的环境确实有些乱，有的警察竟然抽着烟、歪戴着帽子，一副爱管不管、吊儿郎当的样子。

一声叹息！

不过这种叹息带着一种戏谑和玩耍，远不及那座横跨总督府和监狱之间的府第溪道上空的“叹息桥”那么伤感、哀婉，“叹息桥”两端连接着总督府和威尼斯监狱，是古代由法院向监狱押送死囚的必经之路。这座桥在19世纪作家的作品中经常提到，英国著名浪漫主义诗人戈登·拜伦由于政治上不为上流社会所容，于1816年4月愤然离开英国，几经辗转来到威尼斯，一住就是三年。在长诗《恰尔德·哈罗尔德游记》中，戈登·拜伦写道：

我站在威尼斯的叹息桥头，
一边是宫殿，一边是监狱。
举目看时，
许多建筑从河里升起，
仿佛是魔术师挥动魔棍出现的奇迹，

千年的喜悦用阴暗的翅膀却将我拥抱。
垂死的荣誉孩子还在向着久远的过去微笑，
记得当年多少个藩邦远远地仰望，
插翅雄狮之国许多大理石的高房：
威尼斯庄严地坐镇在一百个岛上！

据说，这是“叹息桥”一词最早从民间口头传说正式的文字记载，并很快在英国和其他一些国家流传开来。

孤独悲怆的拜伦带着他的叹息走了，“中国通”的马可·波罗走了，精明的威尼斯商人留下来了，将威尼斯打造成热气腾腾、人声鼎沸的城市。

和人声鼎沸的威尼斯比起来，维罗娜小镇则安静而悠闲。维罗娜小镇是莎士比亚笔下描写的四大悲剧之一的《罗密欧与朱丽叶》中朱丽叶的故乡，这里有意大利最大的湖——加尔达湖。返回途中，经过维罗娜小镇。远处湖光秀美，碧波荡漾，坐在岸边的石头上，把自己扔进一个从来不相干的地方，什么也不想，什么也不说，什么也不用做，只是呆呆望着湖水中摇曳的天鹅，望着湖边嬉戏的小孩，一股咸腥的味道随着湖水的荡漾溅到我的身上、脸上。哗哗，轻凉的风，轻凉的水，轻凉的小镇。

没有看到那个著名的刻满“love”的朱丽叶阳台，也不想阅读莎翁惊心动魄、跌宕起伏的诗句，更不愿追求罗密欧与朱丽叶那样轰轰烈烈的爱情，只希望和心爱的人一起，就这样静静坐在小湖边，听水声阵阵，看天鹅摇曳，观月落日出。

站在土黄色中世纪老城堡上极目远眺，维罗娜小镇在夕阳映衬下秀丽而安静。

再见，意大利，我挥一挥手，不带走一片云彩！

2014 年 9 月 23 日

一座圣城——梵蒂冈行

一 引子

在没有来梵蒂冈之前，我的一个高中同学通过QQ和我说：“一定要好好看看梵蒂冈，看看世界上最大的天主教教堂——圣彼得大教堂，并多拍一些照片给我发过来。”同学在美国工作，是一个天主教徒，有思想，有见识，他特别希望能有机会去梵蒂冈朝拜。

对于天主教，我并不陌生，因为我的老家河北崇礼县西湾子镇，在解放前曾有一座中国北方最大的天主教堂，管辖着华北、东北、蒙古国等地的天主教教会，是罗马教皇向中国传教的枢纽，在解放前近300年的传教历史中，先后有德国、比利时、荷兰等134名神父在此地传教。那时，从国外邮寄信件和包裹，只要在地址上直接写“中国·西湾子”的字样，就能安全送达，全镇子的人几乎全部是信徒，只有我父母那样从外地迁移过来的人不是教徒。我小学同学基本上都是信仰天主教，记得我经常到他们家串门玩耍，总能看到家里墙上挂的图画。那时候我隐隐约约感觉有些害怕，不敢抬起头来仔细地察看这些画，尤其是耶稣被钉在十字架上的画面。因为在20世纪70年代初，县政府和教徒发生过冲突，还抓捕了几个信徒。记得当时我年龄还小，在我们家隔壁关押了一个女教徒，听大人们说这个人想喝煤油自杀，但是未遂。所以当时我心中特别害怕，晚上不敢一个人出门。那时候若

是信教的家里有人去世，不像普通人家哭哭啼啼的，他们把棺材放在自家门口，不哭，不闹，身上也不戴白孝布，只是围跪在棺材周围念经，抑扬顿挫的。我家住的后山坡叫“圣体梁”，凡是教徒去世全部埋在那里。后来，教堂被拆，再后来又重新建设，直到现在，家乡又在原来解放前的旧址上盖了一个新的教堂，听说图纸和规模都是按照旧教堂重新建设的。我去年回老家时还看到了，一个规模很大的哥特式风格教堂，银灰色，两边对称，高高的十字架直耸云霄，非常雄伟壮观。本来我想进去看看，但教堂尚未正式建成，有几个教徒在劳动。我只好拍了几张照片，几个教徒走过来，告诉我应该在哪个角度拍，才能拍出最全、最好的效果。很显然，他们为新建的教堂感到骄傲和自豪。听说教堂建设的经费全部由教徒们出资捐款筹措。

我们老家还有一个村子叫棋盘梁村，据说这里的村民们也大部分是教徒，他们更虔诚。我美国的同学说他在很多年之前曾经去过一次，那是一年的冬天，天气非常寒冷，阴风怒号，教徒们就在门窗破烂的、特别简陋的教堂中做礼拜，薄薄的坐垫放在膝下，但是他们却是那样的坚定，那样的执着，那样的充满温暖和欢悦的心灵去诵经、去祈祷。我同学说他当时非常感动，那画面让他终生难忘。他希望我今年趁回老家的时间，去拍一些教堂照片给他，让他回味一下心中依然感人的场面，因为他当时没有留下任何资料，非常遗憾。

带着同学的嘱咐，我们前往棋盘梁村。棋盘梁村在崇礼县的马丈子乡，道路崎岖不平，蜿蜒曲折。八月的农村田地里绿油油的一片，

正是农忙的时节。到了村子里，马路边有一个铁门，门头上竖立着十字架，一看便知是教堂，但铁门锁着。路边有一个小卖部，一打听，说“拿钥匙的人去地里干活了，不过，钥匙在小卖部里放着，你们自己开门进去吧”。我们一听很高兴，拿着钥匙打开门，静悄悄地走了进去。

院子里杂草丛生，石块遍地，并列有两排房子。其中一间黄灰色的砖墙房屋早已破烂不堪，外墙面残砖断瓦，走进屋子里，昏暗阴冷，屋里堆放着破旧梯子、木头架子、烂棉被子等杂物，墙皮完全脱落。窗户上没有玻璃，不过依稀能看出窗户的结构是那种高大圆拱形的结构，显然，这就是同学说的他之前见过的简陋教堂。并排另一间是新房子，青灰

色砖墙砌成，显然不是按照教堂的样式盖的，因为窗户是普通的窗户，没有天主教教堂那种圆弧形的希腊式或者尖顶的哥特式建筑特点，更像一个农村的普通小学教室。推门而入，不觉神清气爽，白色的墙壁，白色的屋顶，大理石白色地面在午后暖暖的阳光下，映衬得明亮洁白，心中像被洗过一样的干净纯洁。与刚才进去的旧教堂形成鲜明的对比。正面的墙壁上悬挂着一个十字架，侧面的墙上挂了几幅图画，是《圣经》中的故事画面。地上有几个窄窄的木质长条条儿，旁边则是用不同颜色的旧布料拼接而做成的棉花坐垫。一台老式电视机在墙角架子上摆放着，一切都是那么简陋、有序。

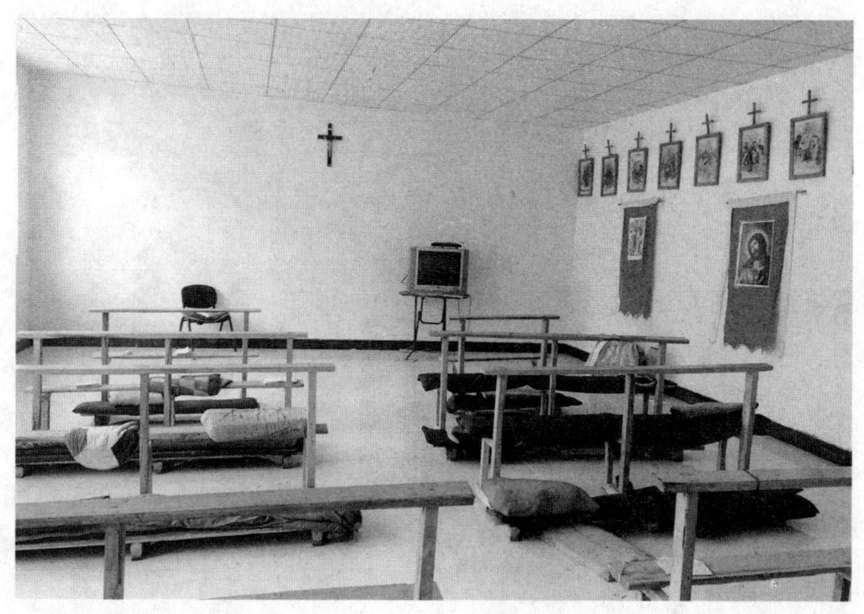

西湾子教堂和棋盘梁教堂就是我身边熟悉的两个教堂。

今天来到了欧洲，我带着同学的嘱咐，也带着一种好奇的心情，想看一看作为全世界天主教中心的梵蒂冈圣彼得大教堂究竟是什么样的。

与其说我们游览梵蒂冈国家，倒不如说是游览罗马市。因为梵蒂冈就是“城中之国”，位于罗马市中心，以四周城墙为国界，城墙外就是意大利首都罗马，城墙内就是著名的梵蒂冈国家，为中立国。顺着罗马的街道，摸摸土黄色的城墙，我们就这样走进了另一个国家，并戏称这次欧洲“四国游”变成了“五国游”。

二　梵蒂冈

走进梵蒂冈国，站在广场上环绕打量，映入眼帘的一副大气磅礴、荡气回肠的宏伟和壮观。这是一座气势非凡的广场！目之所及，那种开阔仿佛天地间相连。广场中央一座十字架方尖碑拔地而起，高耸入云。一座宏伟巨大的教堂矗立在广场一侧，只见教堂属于罗马式圆顶穹隆和希腊式石柱相结合的建筑。教堂两侧，分别支出半圆形长廊，支撑

长廊的几百根粗壮高大、气宇轩昂的石柱，有金黄色和银白色两种圆形石柱，黄白二色鲜艳夺目。更震撼的是每一根圆柱的顶部，都有一位圣人在上方站立，雕塑人物形象神采各异、栩栩如生。廊柱构造是一个巨大弧形，圆柱顶上站立的圣人，仿佛大教堂伸出的两个巨大手臂，振臂高呼，山摇海啸，气势十分壮观。

据说圣彼得广场是世界著名建筑大师、巴洛克风格之父——贝尼尼用了 11 年时间建成的杰作，德斯金式圆柱用去 284 根，方石柱用去 88 根，圆柱顶上的雕像是教会史上有名的圣男圣女，共计 140 位，广场可容纳 50 万人。广场略呈椭圆形，用黑色小方石块铺砌而成的，与金黄色和洁白色的圆柱长廊构成浑然天成的城池。

这就是被称为“城中之国”的梵蒂冈，是全球领土面积最小、人口最少的国家之一，共 0.44 平方公里，相当于北京天安门广场那么大，常住人口不到 1000 人，大部分是神职人员。作为一个国家，也有自己的教皇、军队和法律等，实行“政教合一”制度。

广场上人山人海，不同肤色、不同国家、不同人种的人们排着长长的队伍蜿蜒而行，几乎都要排到“国外”了。尽管天气炎热，人们却穿着整齐，裤裙过膝，肩膀未露。据说，全世界有六分之一人口都信仰天主教，是世界上信仰人数最多的宗教，所有天主教信徒以来到梵蒂冈作为毕生的光荣和神圣。人们顾不得炎热，趋之若鹜，如同伊斯兰信徒去圣地麦加朝拜那样虔诚和光荣。人们只为一睹神圣的芳容，洗涤心灵的尘埃。

这是一个和平的圣城，这里没有工业、没有农业、没有商业，支撑这里经济的是信徒

的爱心和虔诚的信仰。这里更没有战争、没有欺诈、没有破坏。

随着导游的脚步，我们戴上耳机，走进了这座享誉世界、闻名遐迩、世界第一大教堂——圣彼得大教堂。

一进教堂，所以的人都震撼了！那是一种发自内心的震撼和敬仰，它高大到人们必须高高地抬起头来仰望才能看到的地步。那种仰望不是一般的仰望，而是一种心灵的升腾和灵魂的飞翔。眼睛已经不知道该看哪里，恨不得长出千只眼，才能尽情欣赏，因为触目所及，到处是色彩艳丽的图案、栩栩如生的塑像、精美细致的浮雕。脚下的地面全部是由一块块彩色大理石铺成的，光亮照人。整个教堂流光溢彩、高大雄伟、华丽绚烂、大气磅礴。据说教堂可以同时容纳 6 万人。

据介绍，教堂外部的圆顶高达 132.5 米，教堂内部拱顶的高度是 38 米。想想我家住在 12 层，如果每一层内部层高按照 3 米来设计，教堂比我家居住的楼房还要高。这么一计算的话，我简直就惊呆了！因为当我回家的时候，远远就望见那栋楼房，12 层，我要从下面数一数才能知道哪一层是我家，黑黑的窗户，没有一点灯光，我多么希望我家是亮堂的，证明有亲人在等着我回家。或许来这里朝拜的教徒们，正如我寻找回家的灯光一样，他们也在寻找能照亮心中的灯光，照亮心中的黑暗，指引迷途的羔羊。

教堂穹隆顶上，各种精美图案呈现。教堂墙壁四周是与天主教相关的雕塑和壁画，高大宏伟，色彩斑斓。教堂讲解员介绍说，墙上的壁画都不是油画，是用几万块指甲盖大小、不同颜色的大理石马赛克拼接、镶嵌而成的，因此这些壁画比一般油画颜色更加鲜艳、真实，尽管历经 500 年，至今仍然灿烂辉煌，色泽鲜艳。

圣彼得大教堂不愧为是一座伟大的艺术殿堂，是人类历史上不朽的建筑艺术瑰宝。导游介绍说它是由文艺复兴时代的建筑名师布拉曼特设计，由拉斐尔和米开朗琪罗共同主持工程。1508 年教皇把米开朗琪罗从佛罗伦萨召来，指示他画教堂里的天花板。四年时间里，米开朗琪罗在没有其他人帮助的情况下，一人用壁画覆盖了 500 多平方米的面积。由于工程浩大，修建这座大教堂整整用了 120 年的时间，米开朗琪罗临终时也没有看到他设计出的圣彼得大教堂建成后的样子，但是后世人永远不会忘记这个伟大的艺术家、建筑家。

我们看到在殿堂的中央，米开朗琪罗伟大的杰作一宏伟的穹顶之下，有一件精美豪华的作品“青铜华盖”。“青铜华盖”由四根螺旋形铜柱支撑，足有5层楼房那么高。华盖前面的半圆形栏杆上永远点燃着99盏长明灯，闪烁着金色耀眼的光芒。与米开朗琪罗完成的穹顶杰作交相辉映、相得益彰。教堂内到处是耀眼的灯光、明亮的蜡烛、神奇的壁画、精美的雕塑。可以说，圣彼得大教堂是所有伟大艺术的结晶！

人们缓缓地跟着导游的介绍而前行。大家都默默地打量着，回味着，欣赏着，思索着，一方面赞叹伟大的艺术，一方面惊叹宗教的力量。是的，是宗教的力量，费希特在《人的使命》中说：“只有那宗教的眼睛才能深入参悟美的王国。”“因为伟大的艺术都是在贴近神性的心灵中产生的。”（《精神明亮的人》王开岭著）因为那是纯粹、是圣洁，超出了所有的功利和个人恩怨，将自己放在大宇宙中，整个人才是空灵的、开阔的、大气的、无边的。因此与宗教相联系的艺术，总有一种空灵和传神，一种超然物外的韵味，一种宁静虔诚的敬仰。这种创作，不仅仅是艺术，更是一种身心的洗礼。这样的艺术才是震撼的，潇洒的，是内心恭敬的体验和反映。所以著名音乐家贝多芬豪迈地宣称“我的王国在天空”。

圣彼得大教堂里还安放着部分教皇的木乃伊和棺椁。青铜华盖的下方就是天主教领袖人物圣彼得的遗骨。圣彼得教堂标准名为“圣伯多禄大教堂”，圣彼得为英语的俗译。圣伯多禄是耶稣的门徒，耶稣升天后，圣伯多禄以耶稣继承人的身份传道，后被杀害。彼得殉教后被后人尊为首任教皇，被看成基督在世的代表。圣彼得大教堂就是为纪念圣伯多禄而修建的。

教堂里有些教徒跪在十字架下的烛光前祈祷，许愿，诵经，接受神圣的洗礼。一切似乎都宁静了，只有神的指引和天国的召唤。“阿门”！这时我仿佛看到一束阳光从穹隆照进殿堂，给肃穆、幽静的教堂增添了一种神秘的色彩，那圆穹仿佛是通向天堂的大门。

教堂里有个半圆弧形深红色小木房，一边一个木门，导游说这就是“忏悔之门”。过去游人是可以进去的，后来由于人太多了，就在外面用绳子围挡了一下。

“忏悔之门”与“天堂之门”一样，永远向每个迷途的羔羊敞开着。想起电影《非诚勿扰》中的一个画面：葛优和舒淇扮演的角色在朋友带领下，在北海道一座小教堂中忏悔，男主角进去以后，从幼儿园时犯下的错误开始忏悔，从中午直到太阳西斜，牧师累了，打起了瞌睡，不得不来到教堂外，对女主角和朋友说，我们的教堂太小，承不下他的罪恶，你们带他到前面的大教堂去忏悔吧！看到这里人们都哄堂大笑。

其实“人非圣贤，孰能无过？”经常忏悔的人是严肃的，也是幸福的，是知错改错的决心和勇气。“子贡曰：‘君子之过也，如日月食焉：过也，人皆见之；更也，人皆仰之。’”忏悔时候，人的内心是诚实的，尽情倾诉自己不端的所思、所为。忏悔之后，人的内心一定是平和的，没有愧疚的痛苦，没有欲望的羁绊。《圣经》说：“神从你的痛苦中找出善良和美丽来。”我们每一个都会有迷茫的时候，有走累的时候，也有走错的时候，“当我们迷失自己的时候，或许这种宗教的神圣会让我们放下心，放轻步，静静地聆听，来自神圣的画外音”（《精神明亮的人》王开岭著）。所以康德在《实践理性批判》中说：“有两种东西，我们愈是时常反复思索，它们愈会给人心灌注不断翻新、有加无减的赞叹和敬畏，那就是：头顶的星空和内心的道德感。”仰望，让人们感受到天的苍茫与辽阔、澄明与纯净，时时提醒自己“自省与自重”，感受宇宙的无边和威严。“大多数人的不幸不是因为他们过

于软弱，而是因为他们过于强大,乃至不能注意到上帝。”(克尔凯郭尔)

我们熟悉的法国 18 世纪文学家、思想家卢梭的《忏悔录》，他把自己作为人的标本来剖析，把自己的灵魂真诚地、赤裸地呈现给读者，其坦率程度是史无前例的。因此《忏悔录》对后世的哲学和文学都产生了深远的历史意义。

此刻教堂里人们忘记了仇恨、暴力和忧郁、彷徨，只有仰望穹隆，感受和平、善良、仁慈、博爱、怜悯、坚韧、宽容以及希望。在欧洲，教堂很多，高大的教堂让人们用一种仰望的态势对待社会、对待人、对待世界，那是一种发自内心的谦恭和敬畏。它让你与世俗分开，与喧嚣分开，取而代之的是善良和安详，是浮华中的朴素，是躁动时的平稳，是狂热时的宁静。“有信仰的人比没有信仰的人幸福。”（《人生六境——心智》张祥平著）

从教堂出来，天色更加纯净，更加湛蓝。白云飘荡、微风吹拂，人们都静静地站着，仿佛还沉浸在那绚烂的宗教艺术和神圣的宗教氛围当中。圣彼得大教堂门前左边矗立着圣彼得高大的雕像,他神情自若、面带微笑，右手握着两把耶稣送给他的通向天堂的金钥匙，左手拿着一卷耶稣给他的圣旨。他头上的缕缕卷发、脸上的道道皱纹、下巴上的撮撮胡须和身上的层层长袍，无一不被雕琢得细腻、逼真，在太阳下闪闪发光。

梵蒂冈城池的守护卫兵也十分引人注目，只见卫士们个个高大魁梧，他们身穿由米开朗琪罗设计的红、黄、蓝三色条纹的古代骑士服装，手握长戟，威风凛凛，守卫着这座全世界天主教的朝圣地。他们都是瑞士籍雇佣军，1527年，哈布斯堡王朝的雇佣军洗劫梵蒂冈。瑞士卫队的189名士兵誓死保护教皇克莱芒七世，147人战死，幸存的42名瑞士护卫将教皇护送梵蒂冈城外的圣天使城堡避难，瑞士卫队用生命和鲜血捍卫了对教皇的忠诚。

这一穿，就是500年；这一守，就是天长地久！

寻找歌德——德国行

德国，一个让人们思考的国度，二战后的崛起，制造业的领军，“德国制造”“德国品质”誉满全球，大到汽车电器小到剪指甲刀，都在全球人类生活中占有重要的位置，“坐奔驰、开宝马”也成为多少爱车一族的追求，德国的“工匠精神”——专注、精准、完美、秩序的理念，已经渗透到这个民族的血液里。作为家庭主妇的我对德国的各种炊具也是情有独钟，炒锅、高压锅、刀具、勺铲等，因为德国炊具使用的钢材和医药界使用的钢材是一样的，放心安全，尽管手拿着炒锅觉得特别重，胳膊都发酸。

提起德国，慕尼黑、法兰克福，不仅仅让人感觉冷峻而严肃，还让人有一种隐隐的冷气和冰霜，甚至有一种阴气和血腥，那是第二次世界大战在人们心中留下的阴影和创伤，像希特勒的军刀一样闪着寒冷的光。

到达法兰克福时已经接近黄昏时分，温度骤然下降，天气变得更加凉爽，甚至有些冷。落叶已经四处翻飞，大有夏去秋来之势，街道上的行人也都穿戴得比较厚，风衣、夹克已经上身，一个个步履匆匆，紧裹衣服，低头走路。干净、整齐、凉爽的街道似乎变得宽阔了，奔驰牌的汽车在运送垃圾，一切都显得有序而规整。一个个楼房建筑的线条非常简单，窗户十分宽大，没有华丽的雕刻，没有精美的修饰。德国没有意大利的热闹，没有法国的休闲，也没有瑞士的风光，没有梵蒂冈的神圣，有的是冷峻和严肃，和我脑海中德国应有的风格一样。

让我对德国念念不忘的不仅仅是汽车和炊具，还有一个人。他用晦涩难懂的语言、整整花费了 60 年的时间，书写出一部世界名著——诗剧《浮士德》，他写出人类的共性，写出了人性的本质，写出文学作品的最高境界。他就是享誉世界的德国文学史泰斗——歌德。如果《浮士德》大家还稍显陌生的话，那么中国读者一定记得他的书信体小说《少年维特之烦恼》，就是歌德的代表作，其中有两句诗是这样写的：“哪个少男不钟情，哪个少女不怀春。”

1749 年 8 月 28 日，约翰·沃尔夫冈·冯·歌德出生在这座美丽的城市里。漫步在法兰克福街头，怅然中有些失落，因为跟着旅行团，不能自由活动，本想到歌德的故居参观，可惜没有机会。茫然打量着每一个角落，每一条街道，想感受一下 200 多年前的歌德曾经在此生活的印记和气息。其实，不必刻意去寻觅，因为歌德已经成为法兰克福的一张名片和形象，著名的时尚购物一条街就命名为“歌德大街”。“约翰·沃尔夫冈·歌德·美茵河畔法兰克福大学”又叫“歌德大学”，纪念他在文学、科学和哲学领域的精神和贡献，是德国享誉世界的顶尖国际研究型大学。

歌德出生在贵族家庭，父亲是市议员，他从小接受了良好的教育，生活环境舒适，但是歌德渴望投身到大自然的怀抱，他希望在热火朝天的生活中，去搏击，去磨炼，去开拓新的天地。他深信人类不断进步，认为人要不断进步，不断斗争，不断做出有益于社会的实践。他的一生也是自强不息、精进不懈、不断努力的一生。正如他在《浮士德》

中所写下的名句：

> 这就是智慧的最后结论：
> 人必须每天每日去争取生活与自由，
> 才配有自由与生活的享受。

歌德是这么写的，也是这么做的。

在他长达 83 年的人生岁月里，无愧于时代赋予他的责任和力量，他在青年时代便成为德国“狂飙突进运动”的代表人物。诗剧《浮士德》更是他一生经历的真实写照，他曾说：“不仅主角浮士德的阴郁的无厌的企图，就连那恶魔的鄙夷态度和辛辣的讽刺，都代表着我自己性格的组成部分。”

他像一团火，点燃了自己，也照亮了黑暗中的浮士德，年过半百的浮士德终于走出书斋生活，走进了热火朝天的现实中去。

书斋，什么样的书斋？歌德故居的书斋会是什么样的呢？法兰克福那充满阅读的书香气息，影响整整一座城市的人，包括歌德。

早在 16 世纪，法兰克福就是拉丁文精装书出版商的聚集地。二战后，为了振兴德国文化，首届法兰克福图书博览会于 1949 年在保罗教堂举行。半个多世纪以来，法兰克福图书博览会已经成为全球出版界的盛会，法兰克福成为拥有“德国最大的书柜——德意志图书馆”。我们在法兰克福乘坐高铁时，看到几乎每个乘客手中都在拿着一本书在阅读。

歌德就是在这种文化氛围极为浓厚的城市中陶冶了他的性情。他在 25 岁时便发表了书信体小说《少年维特之烦恼》而成为红极一时的名人，德国掀起了一阵“维特热”。多少青年人接近他，崇拜他，许多人穿着蓝色燕尾服、黄色背心，模仿着维特的一举一动，有的甚至开枪自杀，后来歌德不得不出面再次劝说这些年轻人不要学他。

让歌德名垂千古的文学作品却是诗剧《浮士德》，共计 12111 行，直到他去世前的一年，才完整地正式出版发行，公布于世。

我想，是什么样的一种创作热情和创作动力才使这位文学巨匠耗费一生的精力来完成呢？支撑他的是血脉中那汩汩流淌的社会责任和对人生的思考。人生，就是一杯杯调味酒，千百种味道自己酝酿，自己品，自己尝。那种大境界、大手笔、大思考后的顿悟是一个创造者无限追求、永不满足的形象。

当浮士德在劳动中找到生命的乐趣和价值的时候，我想刻印在德国人身上的那种奋斗进取和孜孜不倦的追求精神或许已经找到答案了。

法兰克福市的歌德大街，现在已经成为一条时尚购物中心，这里汇聚了国际名牌设计师当季的名牌时装。德国经济在世界上已经占据重要的位置，二战后德国的崛起也完全证实了劳动、奋斗、创造的伟大力量。法兰克福市就是战后重新建设的，二战时，这个城市几乎全部炸毁。

一个人，什么是理想，一生在追求什么，什么才是真正的幸福，或许浮士德的一生告诉了你答案。

浮士德从“书斋生活”到“爱情生活”再到“政治生活”，从“追求艺术”最后到“建功立业”，经历了五个人生阶段的美好与困惑后，终于在劳动中找到了乐趣，当他听到铁锹和铁铲的声音，以为在开辟荒滩、为千百人的安居乐业而奋斗，实际上是魔鬼在为他掘墓。他憧憬着“自由人民生活在自由的土地上”，怀着幸福的预感，不禁喊道：“你真美啊，请停留一下”，于是倒地而亡。和他打赌的魔鬼靡菲斯特根据契约，正要攫取浮士德的灵魂，但天界仙女飞来，撒下玫瑰花，化为火焰，驱走魔鬼，将浮士德的灵魂拯救上天。

凡是自强不息者，
到头我辈均能救。

歌德已经完全超越了莎士比亚在人道主义追求上的深度和广度，对于人生的意义，早已经不再怀疑“存在与不存在”的一个值得考虑的问题，而完全肯定了人的作用，认为人生的目的在于行动，在于做出有益于社会的实践，通过实践而不断追求真理。

《浮士德》或许就是歌德一生的真实写照。他的一生就是自强不息、精进不懈、不断努力进取的一生。

让我们把视线慢慢移回来，移到那18世纪“狂飙时代”的德国。当歌德经历了他的书斋生活与绿蒂的爱情生活后，进入到政治生活。30岁时，他已经得到了德国公民能够达到的最高职位，他任职于魏玛大公国，担任枢密院顾问官以及军务大臣、筑路大臣，分管了许多宫廷事务。他全力以赴投身于政治浪潮中，在各种繁杂艰巨的琐事间穿行，他以为只要有热情就没有解决不了的问题，他冲向抗洪抢险的第一线。然而诗人气质的他带有很多理想主义的成分，他在大公国多项改革触及贵族阶层的利益时，便遭到重重阻碍，难以推进，最后不得不化为泡影。

之后，浮士德又进入了“追求艺术”阶段和“建功立业”阶段。尤其在追求艺术阶段，浮士德忽而飞到古希腊的神话世界，与海伦结合，忽而他的儿子随着无限高飞而陨逝，海伦又回到阴司只留下衣裳，化为云气，托着浮士德回到北方。

我们不得不承认歌德的浪漫主义写法，浮士德的上天入地、神话哲学变幻莫测、光怪陆离，让人目不暇接；诗中的神学玄学、自然科学更是知识广博、匠心独运；剧中的象征比喻、嘲笑影射各尽其妙、抚掌称快。我国唐代杜牧评李贺的诗歌有几句赞词，可以用到这里：

云烟绵联，不足为其态也；水之迢迢，不足为其情也；春之盎盎，不足为其和也；秋之明洁，不足为其格也；风樯阵马，不足为其勇也；瓦棺篆鼎，不足为其古也；时花美女，不足为其色也；荒国陊殿，梗莽丘垄，不足为其恨怨悲愁也；鲸呿鳌掷，牛鬼蛇神，不足为其虚荒诞幻也。

而且歌德这种浪漫主义写作风格直接与现实主义、象征主义结合起来，剧中有许多内容紧紧与当时欧洲社会相联系，比如，在写化装舞会上发行纸币这一幕，就是依据路易十五当政时期法国推行纸币的历史事实。

于是，歌德写出了那句著名的警句格言：亲爱的朋友，理论是灰色的，而生活之树常青。

其实浪漫主义与现实主义完全可以高度有机地结合起来，感性与理性完全可以并行不悖地存在。只有一个国家、一个人内在充盈地稳定和自信，坚强和旷达，才有外在的自由和浪漫、丰富和乐趣。这种自然，这种浪漫，不单纯是山川风光，而是一种哲学的、生物的和社会的概念。自然之所以无限美好，恰恰是因为自然中的一切都散发着自由的气息，一切都毫无束缚地自由自在地发展。

充斥在德国的是一种自由的空气，是一种艺术的享受，是一种包

容的开放文明，所以在今天的德国，对外来民族极度宽容，现在法兰克福市外来人口占总人口的百分之二十八。歌德多次在作品中提出“小我”和“大我”的格局。

凡是赋予整个人类的一切，
我都要在我内心体味参详，
我的精神抓着至高和至深的东西不放，
将全人类的苦乐堆积在我心上，
于是小我便扩展成全人类的大我，
最后我也和人类一起消亡。

歌德是最早提出“世界文学”口号的人，他要求各民族进行文化交流，互相了解。他说：“固然谈不上要每个民族都思想一致，只是要他们互相知道、互相理解，纵然他们彼此不愿互爱，至少他们要学会互相容忍。”

歌德的语言极富感染力，有时不得不让人钦佩，有一次歌德在公园里散步，在一条仅能容一人通行的小路上和一位批评家相遇了，“我从不给一个蠢货让路”，批评家说。“我正好相反”，说完，歌德微笑地退到了路边。

德国，法兰克福，我一次次在寻觅，一次次在叩问，一次次在呼唤，一次次在思索，从二战后的满目疮痍到现在欧洲经济强国，当时德国经济危机、通货膨胀已经到了烧纸币取火也比买火柴便宜的地步。德国的强大与他们血液中流淌的积极、努力、勤奋、进取和创造是分不开的，与“浮士德精神”是分不开的，即永不满足现状、不断追求真理、重视实践和现实。

德国人喜欢有经历的东西，有历史记忆的东西，有文化记忆的东西。德国城市在二战时几乎全部销毁，但他们一定要把当年的照片找出来，当年的设计图找出来，按原样一座座重新修起来。德国大街上，没有太多的现代化建筑，大部分还是巴洛克、洛可可中世纪时代的风格。在法兰克福高铁上我仔细打量他们，他们穿着的衣服、鞋子，看上去已经很陈旧，手里拿着皮质公文包也是毛边外露，一看就是有些年头的东西，不是崭新的、亮铮铮的。但是能看出衣服、鞋子、包质地都十分厚实、耐用。

我们一行中很多人在离开德国的时候都购买了炊具。尤其是德国的锅具有天然抗菌和耐高温性质，完全是钢铁铸造，沉重得连大男人都有些端不动。锅内侧有神奇的花纹，导购说："这是一种技术，它盖上去，水蒸气就能上下自然循环，不容易烧干，既节能环保又导热效果好。"他们说德国锅完全可以使用100年，很多人家里用的锅都是奶奶传下来的。

伴随着阵阵音乐的响起，我徜徉在法兰克福旧市政厅所在街头，一个乐队正在广场上演奏着曲目，周围人们有的情不自禁地随着音乐打着节拍，有的小声哼唱，大家都陶醉在这迷人的音乐里。

我坐在地上静静欣赏着他们，思绪穿越千山万水、穿越时空隧道，仿佛看到浮士德的灵魂得到了重生。此时《浮士德》悲剧不是绝望的，而是乐观的悲剧，正像中国古代寓言"愚公移山"所说：天帝为愚公的决心和毅力所感动，派遣大力神下凡把两座大山背走了。

此时天空中仿佛飘来了歌德《浮士德》中的词句：

天使们

（飘浮在高空中，荷着浮士德的灵魂）

灵界高贵的成员，
已从魔鬼手救出；
不断努力进取者，
吾人均能拯救之。
更有爱从天降，
慈光庇护其身，
极乐之群与相遇，
衷心表示欢迎。

2014年9月30日

加拿大——一个感觉亲切的名字

从小就知道“加拿大”这个国家，感觉听着特别亲切。因为这个名字是从白求恩大夫那里来的。在抗战时期，他不远万里来到中国，拯救了许多战士的生命，而他自己，却将并不魁梧壮实的身躯永远留在了中国。毛泽东在《纪念白求恩》中指出：“一个外国人，毫无利己的动机，把中国人民的解放事业当作他自己的事业，这是什么精神？这是国际主义的精神，这是共产主义的精神，每一个中国共产党员都要学习这种精神。”白求恩的形象已经深深植入我们的心底。今天，我来了，来到了加拿大，也来到了白求恩大夫毕业的学校——多伦多大学。于是，加拿大、多伦多、白求恩，三者就这样与我们亲切地融为一体。

我们在学校附近的星巴克咖啡馆里喝咖啡，看见一个女孩正在学习。望着她作业本上画着密密麻麻的人体器官和解剖图，就知道这是一个学医的学生，她和白求恩大夫是校友，她的脸庞似乎也变得亲切而友好。

一　多伦多大学

多伦多是加拿大第一大城市，这里有46万华人，因此中国风味的唐人街典型而热闹，两条红色巨龙盘旋的石柱矗立在街头，龙城大厦是典型的中国风格。唐人街上，理发、卖菜、中介公司的招牌随处可见。菜市场里中国大妈穿梭往来，和我们北京小区的菜市场没有什么区别。到了下午时分，处理蔬菜的信息便张贴出来，有的蔬菜甚至完全免费，人们随便拿。我看见一个玉米摊上，围了好多人在挑拣着，于是上前询问价格准备买些，一位中国大妈用汉语和我说："不要钱，免费的，随便拿！"

一路打听，终于找到了多伦多大学称为一圣乔治校区。多伦多大学还有另外两个分校——士嘉堡分校和密西沙加分校，分别位于多伦多大学东、西两个方向，各距本部33公里处。多伦多大学与中国大学围墙里集中的院系楼房相比，显得更分散、更简洁、更朴实。因为整个学校没有围墙，完全是开放的，也没有传统意义上的大门，只有四根水泥立柱，学校的名称刻写在水泥立柱上。

一踏进校园，你立即就会被一座古老而生机勃勃的气派吞没。遥远的维多利亚建筑和现代化的钢筋混凝土大楼鳞次栉比，交相掩映。墙上密密覆盖着的常春藤似乎在默默向我们述说着陈年往事，打动着我们的心。整个校园气氛和谐、雅静，使人心旷神怡。

因为白求恩的原因，我对这所学校有种特殊的好感，留恋在校园里久久不忍离去，甚至在第二天闲逛时，又一次来到了这所学校。白求恩祖父毕业于英国伦敦皇家医学院，回到加拿大后，与两位志同道合的朋友创立了多伦多三一学院医学系，后并入多伦多大学。白求恩的祖父不仅是医学系的主任，还同时兼任维多利亚大学的教授和多伦多大学医学院的外科医生。他医术精湛且多才多艺，成为少年时代白求恩的偶像。以至于白求恩郑重地向家人宣布：你们不要再叫我亨利，叫我诺尔曼，这也是白求恩与祖父同名的原因。在白求恩大夫逝世 75 周年之际，2014 年 5 月 30 日，加拿大多伦多大学医学院为白求恩铜像举行揭幕仪式，以纪念毕业于该学院的这位杰出的医学工作者和共产主义战士。

进了学校，沿着道路直行，有一个硕大的草坪，绿草茵茵，在阳光照射下闪着美丽的光泽。人们可以在草坪上随意走动，有照相的，有踢球的，有玩耍的。在校园里碰见许多旅行社带着游客在学校院里参观游览，一些旅行社把游览多伦多大学作为旅游项目之一，就像来北京旅游，把北京大学当作其中一个旅游景点。

值得一提的是多伦多大学首屈一指的图书馆系统。据介绍，多伦多大学藏书量1900万余册，分布在675座分馆和资源中心，在北美，仅次于哈佛大学和耶鲁大学。加拿大各大学对图书馆在学校的地位和作用都极为重视，将其作为学校综合实力的重要组成部分来对待。因为我在图书馆工作，看见“library”字样就想进去，图书馆门口没有安保人员，也没有门禁系统，我们就轻声轻脚走了进去。这是“格斯坦科学信息中心西门·山姆图书馆”分馆，图书馆建筑很普通，没有中国高校图书馆的那种雄伟和气势，楼房不高，非常不起眼，这只是一个分馆。多伦多大学培养出了世界上诸多领域的人才和泰斗，在180多年历史中，多伦多大学诞生了四位加拿大总理，两位总督，15位加拿大最高法院大法官，10位诺贝尔奖获得者，45位鲁德斯奖获得者。在中国，有世界著名的科学家、教育家、杰出的社会活动家钱伟长先生，他是1931年考入清华大学，1942年获多伦多大学博士学位，他一生“无名无利无悔，有情有义有祖国”（2010年感动中国颁奖词）；还有中国“两弹一星”元勋、空气动力学家郭永怀也于1940年9月在多伦多大学应用数学系学习，后到美国加州理工学院航空系学习，最后不幸以身殉国。

台湾的模特、演员林志玲，也毕业于多伦多大学，她嗲声嗲气的语气、机智灵敏的语言，让我想起校园里满地跑的松鼠，灵动而可爱。

二　尼亚加拉大瀑布

美国、加拿大交界的尼亚加拉大瀑布是世界第三大瀑布。两国都可以欣赏到瀑布，不过据说在加拿大境内欣赏的角度和空间更加壮观，我们便从加拿大境内驱车前往。

远远就望见熙熙攘攘的人群，走近些，已经听到瀑布的轰鸣声。只见在蓝天碧水之间，一条白练奔腾而下，瞬间“卷起千堆雪”。尼亚加拉大瀑布是我迄今为止看见过的最漂亮、最美观、最赏心悦目的瀑布。在蓝天白云的映衬下，瀑布水流湍急，海鸥飞翔，游轮穿梭，水声轰鸣，浪花飞溅，不同景物交汇聚集在一起，构成独特的风光。这里的瀑布没有中国黄河壶口瀑布的冷峻，没有挪威肖斯瀑布的遥远，这种美是一种人间的美，是一种尘世的美，这种美让人感到亲切、感到温暖、感到平和、感到欢乐。更让人惊奇的是出现的彩虹。只见两道彩虹出现在瀑布的上空，赤、橙、黄、绿、青、蓝、紫的彩虹在空中漂亮地打了一个半圆弧线，与瀑布升腾起来的乳白色的水汽交相呼应。当人群中发出惊叹声的时候，当你在为这种美啧啧称赞的时候，满载着游客的红色游轮突然出现在碧绿的河水中，人们穿着防水衣，站在游轮上，从瀑布中穿行而过，发出一阵阵兴奋的叫喊。此时，所有的语言都是苍白无力，你只要用眼观看、用心体会这种浪漫、神奇、美丽和壮观。

啊，这就是诺亚方舟，是吉祥之舟，是幸运之舟。我从来没有见过如此漂亮的瀑布，也没有见过如此心动的彩虹，各种色彩交织在一起，各种景观组合在一起，如同仙境般的空灵和美妙。这个游轮就像诺亚方舟一般，载着人们到远方圣洁的地方。啊，眼前的美景就是一幅《创世纪》显现，眼前的彩虹就是上帝制造的彩虹！眼前的人们就是欢乐的人类世界！多么美好的生活，多么美好的世界，大自然赐予我们多么美丽的景色啊！让我们祝福吧，祝福世界和平！祝福人类吉祥！愿诺亚放出的鸽子带回来的永远是一枝象征和平、幸福的橄榄枝！

三 一个爱、怜交织的城市——温哥华

“每一座城市都会有一个主题，往往用一条中心大街来表现。是尊古？是创新？是倚山？是凭海？是厚土？是广交？”（《流浪的本义》余秋雨著）

不知道该用什么词汇来形容温哥华这座城市？

是安静还是喧嚣？是富庶还是贫穷？是文化融合还是文化消失？

温哥华是英属哥伦比亚省第一大城市，人口约 190 万，这里既有英国的风格又带有东方情调。

我们这次北美之行在温哥华住得时间最长，在这六天的时间里，还是很难用一个准确的词汇来给这座城市下一个定义。大概这就是温哥华的魅力，一个真实的城市，一个高贵与低贱并存的城市，一个温情与暴力交替的城市。因为你无从完整认识她，于是，你不断追寻她，试图进一步解开她神秘的面纱。

走在温哥华的列治文地区，仿佛走在中国街头上，华人占70%。显而易见，在机场里，你就能明显感受到华人在这里的分量和重要性，因为这次我们去过美国、加拿大这些城市中，只有在温哥华机场里，是用英文和中文两种文字来标示的，其他的几乎全是英文。在温哥华，有中文电台、中文电视台。就冲这一点，对温哥华无疑是一个良好的开头和印象。

但是任何事情都是一分为二的，华人多，也成为一件很尴尬的事情，因为往往越是华人多的地方，容易出现混乱的秩序。

走在温哥华的唐人街，明显觉得这里的秩序不是很好。我和女儿进到一个药店买药，老公在街旁站立等我们，没想到竟然被一个人扔过来的打火机砸在脚上，这个人扭头就跑了，老公也没有看清楚是一个中国人还是外国人。等我们从药店出来，他说："赶紧离开这个是非之地，我们在中国大街上也从来没有被无故挨打。"

当汽车行驶在另外一条街上，又看到了好几辆警车停靠在马路边，远远望过去，有一个人在地上躺着，头部已经在流血，另外一个人被警察扭着胳膊，果然是打架的人群。车窗外，一个个乞丐在街边站立，这就是温哥华的唐人街吗？这就是在1896年温哥华的华人为了庆祝清廷大使李鸿章访问温哥华而特别建立了一座优美的牌楼，也就是现今唐人街（中国城）的地方吗？

于是赶紧逃离了让中国人感到有些失望的地方。

我不知道怎样表达心中的痛：越是中国人多的地方越乱，这反而成了人们对中国人的评价和态度。

朋友已经在这里生活了七年，他的介绍让我们又觉得这座城市是那么的温暖和友好。他说，这座城市像曾经希望的共产主义社会那样，待遇福利都很好。他的夫人当年生小孩住院时，医院护士们的态度好极了，三个护士轮流看护，每人八个小时，没有一刻间断，更从来没有过呵斥和指责，环境条件都非常好，关键是住院不花一分钱。到底哪个是真正的温哥华本来面目？

或许我们永远难以用一条街来评判一个城市的特点，因为毕竟这里有着特殊的情况，听朋友说，这里之所以这么乱，是因为唐人街是温哥华的乞丐街，温哥华的救助站就设立在这里，所以这里不仅有中国人，社会上各类需要救助的人群都集中在这里，秩序确实有些乱，他们也不敢自己晚上一个人在唐人街行走。

每天在温哥华闲逛，来感受这座有着两百年历史的城市。每天有不一样了解，每天有不一样的认识。或许，构成一个人的因素是多方面的，构成一个城市的因素也是多方面的，没有一个人是单纯的一种本性，因为人本身“一半是天使，一半是魔鬼”，一个城市也是这样，有多面性、复杂性、社会性。

在温哥华，我们也感受到这个城市的欢乐温暖和惬意舒适。

这天是温哥华 VanDusen（范度森）植物园成立 40 周年，举行联欢会。植物园的空地里，临时搭了一个台子，邀请乐队在这里演唱，台下的草坪上坐满了人群，人们随着音乐的节奏而哼唱着，悠闲地享受着周末时光。尤其是人群中有两个上了年纪的老太太，看起来像一对老姐妹，模样都有 80 多岁，她们随着音乐的节拍而舞蹈，十分投入，表情也非常夸张，许多人不看台上的乐队表演，反而欣赏二位老姐妹。

大家同她们两人一起欢乐地跳舞、歌唱，这是一种开放和嬉笑的节拍，一种精神上的自由和欢乐，随性而从容。

来植物园参观的人很多，平时门票费20加元，今天只收5加元。有意思的是，这里进园子不用拿纸质门票，你交了钱之后，工作人员会在每一个进园子里的人手背上盖一枚植物园的印章图案，区别买票与否。就这一项，足足省了几千张门票，大大节约了纸张。这种方式既节约成本不浪费纸张，又保护了森林环境。加拿大森林覆盖率达到59%，其森林面积占全世界的10%，相当于整个亚洲的森林面积。加拿大国旗上鲜红的枫叶，不仅表达了加拿大人对森林的热爱和自豪，更体现了他们“生态立国”的理念：森林是维护生态平衡的主体、经济社会可持续发展的基础、子子孙孙赖以生存发展的必要条件和一个伟大国家的象征。

温哥华还有一个非常独特的地方——盖士镇，吸引着许多观光游客。来到这里，有一种古色古香的味道，让你的心沉静而安稳。这里没有喧嚣的汽车噪声，没有豪华的摩天大楼，没有金融街的富裕，这里静悄悄的，有难得一见举世仅有的蒸汽钟（SteamClock），每15分钟喷出一次蒸汽，一阵阵蒸汽在街道的一个角落中汩汩冒出，仿佛瓦特发明的蒸汽机般久远和古老。CordovaStreet上有各式各样的小商店，同时也可欣赏到加拿大原住民文化，这儿收藏了一些很不错的艺术作品。盖士镇已成为独特的观光区，维多利亚式的建筑、铺着圆石的街道、露天咖啡座，以及古董店、精品店和餐厅，使盖士镇成为逛街、购物及用餐的好地方。

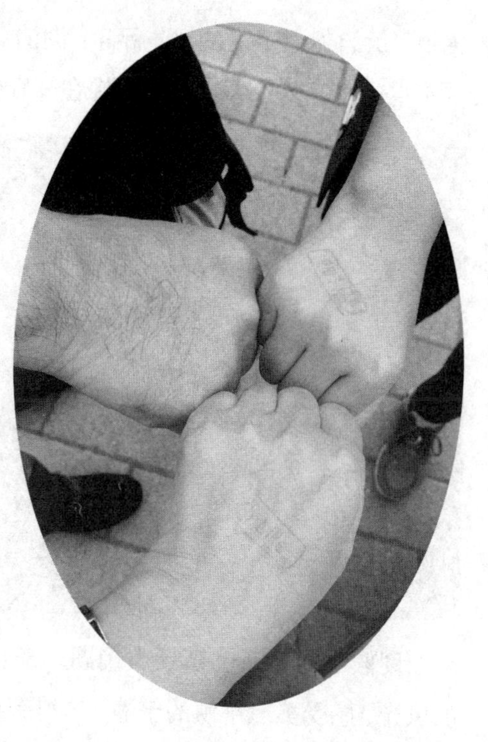

早就听说在加拿大打高尔夫球不是富人的专属和特权，一般老百姓都能消费得起。果然，这里消费很便宜，因为在高尔夫球场打球，没有必须开电瓶车的规定，也没有球童的陪同，因此不存在另给小费的问题，所有价格也便宜，只有中国价位的四分之一。

在温哥华，税收很高，对年收入超过 6 万的家庭要征收 45% 的税。他们实行明税收，控贫富，全民医疗保险，免费治病，而且是先看病，后付款，如果个人账户里没有钱或者钱不够，医院也会继续给予治疗，然后让病人补付钱款。如果你没有支付能力，医院也不会向你的家人讨付。朋友说，在温哥华，要想发大财挣大钱很难，但是老百姓生活都很富足悠闲，较其他城市相比，生活节奏缓慢一些，适合养老和休闲。温哥华市区里的斯坦利公园，方圆有十公里，很大很美。人们喜欢在这里环湖骑自行车游玩，边锻炼边欣赏风景。加拿大实行 12 年免费义务教育，教育支出占到6.6%，40% 以上加拿大人都能完成高等学历教育。

距离温哥华 160 公里处有一个叫作威斯勒（Whistler）的地方，是 2010 年世界冬奥会的举办地，有 100 多条滑雪道，到了夏天成为游览胜地，朋友强烈推荐说特别值得一看，于是我们开车前往。沿着著名的“99 号海天公路”行驶，加拿大的高速公路是免费开放，没有收费站，公路两侧也没有高高的隔离带，公路与景观融为一体。“99 号公路”

集中了大自然最美丽的风景元素：湖泊、雪山、森林、瀑布、海湾、峡谷，汽车在这样的美景中行驶，仿佛在画廊中穿行。

度假胜地惠斯勒镇环山傍湖，来自世界各国的人们欣赏奥运胜地的风光，感受奥运小镇的宁静。这里有特色餐厅，有画廊，有各种商品，环境优雅，秩序井然，休闲度假，惬意安详，成为名副其实的旅游城市，与曾经举办过冬奥会的奥地利城镇因斯布鲁克一样，也是冬天滑雪、夏天发展旅游业。我们坐上缆车，在高山上环绕游览。山顶上青山绿树，湖泊点缀，凉风习习，风景优美，不愧有“小瑞士”的称号。

除了餐饮休闲设施外，惠斯勒镇安装了许多健身锻炼的设施，如儿童蹦蹦床等，一些家长带着孩子跳着、笑着、欢乐着、奔跑着，感受奥运村的体育氛围。

看到如此美丽富庶的小镇，我们十分感慨。因为我的家乡张家口崇礼县（后改为区）将于2022年与北京联合举办世界冬奥会，其中高山滑雪项目在崇礼举行。现在崇礼区正在为举办奥运会进行大规模的建设和改造。但是在发展的同时也看到存在许多问题：人口急剧增长、环境遭到破坏、房价大幅度上涨、当地老百姓实际生活水准下降，等等。

我多么希望我的家乡在成功举办冬奥会后也是如此富庶、美丽、祥和，成为真正享誉世界的奥运小镇，成为我的骄傲和自豪。

2015 年 11 月 2 日

我爱民大之民大那些民族节日

在北京海淀区中关村南大街路西，有一所很不起眼的高校，尤其是东门的出入口非常狭窄，人行道与汽车道混杂，如果你不仔细打量，很难找到这里。它，没有北大未名湖的清澈，没有清华园的气势，没有人民大学的正统，没有理工大学的霸气。它是那样的小家碧玉、貌不惊人，却又像一幅清新秀美的画卷展现在你的眼前，像一曲琵琶二胡、笛声琴瑟的民乐吹奏你的心田——它就是中央民族大学。

中央民族大学，聚集着全国56个民族的学生，在全国20所部委所属和地方所属的民族院校中，只有两所学校56个民族的学生招生齐全，一所是中央民族大学，另一所是西南民族大学。不同民族就有不同民族的节日，民族大学一号楼学生公寓道的东侧道路和学校大礼堂便成了各种宣传的聚集地，每当自己民族在过本民族节日的时候，就在这些地方进行宣传，构成了民族大学一道特有的风景。每当少数民族朋友过节时，作为汉族的我，总被吸引过去，融入那种喜洋洋的氛围中。

我的记录从2014年11月开始。

2014年

12月4日（农历十月十三）：满族颁金节。

11月的深秋，树叶凋零，树枝干枯，校园里小道上，北风吹得树

叶上下左右旋飞，在落叶浓密的地方，像黄色波浪一阵阵蔓延开来。一片片银杏叶在太阳照耀下闪闪发亮，风吹树叶，像浪花在点点翻滚。

今天是农历甲午年满族颁金节379周年纪念日。男生们站在校园路旁，身着红黄蓝等不同颜色的长袍马褂，马蹄袖的袍褂严实而保暖，腰束衣带，或者长袍外再罩对襟的马褂，简单利索，适于骑马射猎。再看女生们更是大家闺秀的格格模样，头板正中戴着有彩色大绢花的“端正花“头饰，右侧缀着的彩色长丝穗，说话间摇动着一身的高贵，身穿镶着18道衣边儿的嫣红滴翠、亮丽多彩的绸缎旗袍服，脚踩花盆鞋，个个袅袅婷婷，端庄大方，举手投足间都透着一种“格格范儿”。清代诗人沈兆曾写过“花卉翎毛绣服间，扈送春水与秋山。顶珠腰玉今犹昔，女真衣冠制未删”，不仅仅把满族服饰的华贵表达出来，更写出了这是一个渔猎民族的特点。

是的，在379年前1635年的今天，皇太极将女真族改为满族，从此满族进入新的发展阶段，在白山黑水间创造了属于自己的文武双全、优秀灿烂的民族文化，修建了康熙所说的“心理长城”。满族是唯一在中国历史上曾两度建立过中原王朝的少数民族，长城内外、大江南北，处处映衬着满族的痕迹，其政治、经济、军事、文化等在中国历史上都有着广泛而深刻的影响。且不说别的，单单在服饰上，如女士穿的旗袍，就恰到好处显示了东方女性柔美婀娜的身材。

11 月 30 日：彝族新年

上午，冈腳参加了满族的颁金节活动，下午，在京彝族高校师生开始过彝历年。

彝族学生宣传自己的节日，没有站在道路旁边，直接在 2 号楼学生公寓旁边的墙体外面挂了一幅又高又大、长方形宣传幕布，幕布上注明了彝族人过新年举办的六项活动时间和地点，有晚会，有聚餐，有彝学论坛等等。最瞩

目的是黑、红、黄三种颜色非常醒目。再看学校博物馆门前也立着“一步跨千年——凉山彝族奴隶社会形态展”的广告牌，主色调仍然是也是这三种颜色。

下午两点，学校大礼堂门口，彝族学生身着民族服饰，已经欢天喜地张罗着观众入场。彝族的联欢会活动内容相当丰富，不仅开通微博互动，现场发送短信到微博上并在舞台旁边的 LED 屏上显示，当显示某一个同学的短信留言时，同学们欢呼雀跃，现场十分火爆。此外还制作了精美的书签，为“全球首款彝语在线学习软件”做宣传，这些宣传活动，使得彝族的彝历年特别有品位、有档次。

突然我发现好多彝族男学生都在头顶上中央束起一束头发，扎一个小辫子。开始我以为他们是为了“炫酷”，为了时尚、流行，后来又发现许多彝族小朋友也梳这种发型，我好奇地问家长，才明白这是彝族一种古老的传统装束，叫作“字尔”或“字木”。彝族男孩在四五岁时，头前顶就留一块方形的头发，成年后将其绾成一个发髻，视其为天神的代表，认为它能主宰吉凶祸福，所以神圣不可侵犯，任

何人不能触摸、戏弄。因此汉语称其为“天菩萨”。

演出开始了，舞台绚丽夺目，节目精彩纷呈。美丽的彝族歌手阿鲁阿卓歌声甜美动听。“太阳部落”组合《远方没有大凉山》，彝族小伙子劲歌热舞，将晚会推向高潮。

彝族有着悠久的历史，古彝文的历史可以追溯到7000年，它们与汉文一样，共同构成灿烂的文化颂歌，散发着对人生、对宇宙朴素而深刻的认识，为中华民族文化增添了一道绚丽的彩虹！

12月7日：瑶族盘王节

还未到12月的一天中午，饭后悠闲地走在1号楼东侧的马路上，突然被隐隐约约的一阵酒香吸引过去，原来是几个瑶族女生在做“盘王节”的宣传。桌子上摆放着几杯甜酒，她们盛情邀请我品尝一下，可惜我平时不会喝酒，抿了一小口，甜辣甜辣的，虽没有尝出酒香，但瑶族姑娘的一片深情厚谊却记下了。

于是和姑娘们打听盘王节的相关

情况。

瑶族的民族节日较多，主要有盘王（即盘瓠王，畲、瑶族传说中的始祖，传说是一只名叫“盘瓠”的龙犬）节、达努节等。

瑶族“盘王节”宣传的展台上，最引人注目的是瑶族长鼓。鼓身细而长，又称花鼓，瑶语称“郭咚郭”“槁”。我情不自禁上前敲打，姑娘们给我逗乐了。还是让姑娘们来吧，配上瑶族的服饰才有味道呢！瑶族因服饰不同而分为红瑶、白瑶、花衣瑶、白裤瑶、黑瑶、青瑶、青裤瑶等等。眼前的瑶族姑娘身着红色的刺绣衣服，襟口、袖口道道花纹十分精美漂亮，最明显的是，在裤腿外边上都镶有精美的刺绣花纹图案。衣服上下整体美观大方色调一致，在冬日寒风中姑娘们像一朵朵花儿尽情开放。清代诗人黎简在《歌节》写瑶族女子“春衣白夹骑青骢……蜡髻蛮姬斗歌处”，在木棉花盛开的早春时节，一群在艳丽春衫上套着白色夹衣的参赛女子骑着青骢马，从原野上走来……

今天，在民大校园里，尽管没有看到那么夸张的“蜂蜡涂发，卷发叠髻”，但是漂亮秀气的瑶族女大学生们更是艳丽装束、清纯可爱。

12 月 21 日（农历十月三十）；侗族侗年

一天饭后闲逛，在一号楼的东南侧，与邮局的交叉路口，新安装的LED大屏下方，看到一幅宣传画，两个男生刚刚搭着梯子挂上去，走过去仔细查，是侗族过侗年的宣传标语。整个画面十分淡雅、简朴，上写“2014 年侗族年——人在京城情系侗乡”。

因周五在寒风中站立半个小时也没有拍到侗族年的宣传展台，周日便早早来到大礼堂。

热情的侗族同胞将香甜的米酒捧上来，喝一口，甜丝丝！他们说这是从黔东南带来的，用糯米做的，又纯又正，好久不喝酒的我一饮而尽。当敬酒歌唱响之时，我的心醉了，融化了！

侗族主要分布在贵州省、湖南省及广西壮族自治区交界地区。农历十一月初一是侗族同胞过侗年。这个季节尽管萧条寒冷，但是却是

谷满粮仓之时。侗年之所以选在天寒地冻的冬天，人们认为旧岁已去、新年到来、禾谷满仓、禽畜满圈之时，家家杀猪宰羊庆贺新年吉庆，唱出对丰收的喜悦和来年的祝福（今天他们利用周末提前一天过节）。

大礼堂门口台阶上，漂亮的侗族姑娘个个发髻上戴着鲜花以及盘龙舞凤的银冠、银簪，胸前佩挂着多层银项圈，漂亮的银质头饰和项圈在太阳下闪闪发亮、熠熠生辉。侗族服饰男子以紫色、女子以黑色为主。他们用植物染料蓝靛方式染成衣服，这种织物色泽以蓝为主，随着染色次数的增加，颜色逐渐加深，呈深蓝色，色调明快而恬静，柔和而娴雅。蓝靛、蓝草等，是我国最早被利用的靛蓝染出的织物。

于是，在这欢庆的人群中，我手捧侗族人过年吃的红鸡蛋走进学校的大礼堂。

舞台上灯光闪烁、歌声飘荡。尤其是侗族大歌的合唱，神奇、缥缈。它是一种多声部、无指挥、无伴奏、无固定曲谱的民间合唱艺术。八位从贵州来的民间艺人悠扬的侗族大歌高低起伏，时分时合。尽管听不懂什么内容，但是那种荡气回肠酣畅淋漓的气势、和谐的韵律和节奏很有味道。今天才明白，当年在大学里老师讲的最早有文字记载的歌谣《弹歌》“断竹、续竹、飞土、逐肉”竟然是越人地区的歌谣。侗族人便是越人之后！

侗楼古寨的背景幕布在翠竹芦笙中应声而出。风雨桥下有两位古稀之年老者的情歌对唱，又一个以歌传情的民族！“汉字有书传书本，侗家无字传歌声。祖辈传唱到父辈，父辈传唱到儿孙。”我将老者用过的道具竹斗笠和竹筐深深凝视，那是来自桃源之地的竹林，“有良田美池桑竹之属……黄发垂髫，并怡然自乐”。侗族地区便是武陵之地，好一片“桃源深处桃花香、芳草鲜美芳菲尽”！

2015年

5月25号（农历四月初八）苗族的“四月八”节

真的要感谢同事朝鲜族大姐崔老师的提醒，要不然，家住在校外的我，可能又要把这个重要的节日给错过了。周末驱车前往学校逸夫体育馆。

还未到体育馆门前，就被一阵锣鼓喧天的热闹感染。两排身着民族服饰的苗族青年男女在路旁站立，伴随着芦笙和牛角吹出来的音乐边歌边舞，“壮族的歌、瑶族的舞、苗族的节、侗族的楼和桥”，这是人们总结出来的几个主要少数民族的特点。苗族人非常重视过节日，尤其是过“苗年”和“四月八”以及“姊妹节”等。

我对苗族有所了解，因为去年去湖南张家界的时候，在土司城里，参观了现存最高大的九重天吊脚楼，知道了这个民族是一个多灾多难又顽强坚毅的民族。当澳大利亚民族学家格迪思在《山地的移民》一书中说：“世界上有两个苦难深重而又顽强不屈的民族，他们是中国的苗族和分布在世界各地的犹太族”时，我惊呆了，竟然能和犹太族相提并论的苗族有着怎样的历史渊源呢?

曾经在一段时间里，“炎黄子孙”的提法是不包括蚩尤部落的早在5000年前，我们熟悉的“涿鹿之战”——炎帝黄帝大败蚩尤，黄帝遂在中原建立政权形成了汉民族的前身——华夏族。蚩尤也不被华夏族认可，甚至丑化成凶恶的怪物，苗族也别称为“荆楚”、“荆蛮”、“南蛮”，即未被开化的蛮横之徒。蚩尤的部落被迫离开了黄河下游，南迁江淮。这是苗族历史上的第一次大迁移，之后分别经过了西周和东汉的两次大迁移之后，苗族被汉人一步步赶上山，苗族由一个平原民族成为了山地民族。

中华人民共和国成立后，经过民族成分确认，苗族文化有了极大的发展，今天的苗族是56个少数民族成员中重要的民族之一。被誉为苗族“百灵鸟”的歌唱家宋祖英已经家喻户晓。

舞台上，当头戴黑色圆帽、身披黑、红、黄三色相间斗篷的司仪，将祭祀圣火点燃的时候，全场响起热烈的掌声，这掌声包含着苗族同胞的热情和坚毅，是执着和顽强，祭祀师庄严而神圣地将三瓶酒在地上，祭天公、祭地母、祭祖先。是啊，苗族终于可以名正言顺地作为中华民族的一个成员。“三祖”即黄帝、炎帝和蚩尤就是中华民族统一的雏形。这个苦难的民族再也不用颠沛流离，因为中华大家庭就是他们的家、他们的根！

看，美丽的苗族姑娘歌唱起来了，舞跳起来了，芦笙吹起来了，竹篓背起来了。鲜艳的服装、洁白的银饰、叮当作响的银铃，啊，他们就是百灵鸟，悠扬婉转、嫣红滴翠，他们用歌声唱响美好的生活，用舞蹈感恩幸福的明天。灯光下，绚丽的苗族衣服颇有盛装风格，“苗族好五色衣裳”，杜甫也有“五溪衣服共云山”的诗句来描写苗族的衣服。看，我身边的苗家姑娘发髻上的头饰高耸入云，项圈层层叠叠，裙摆鲜艳夺目，好一个“云想衣裳花想容”！

10 月 17 日：蒙古族那达慕大会

如果今天是蓝天白云，一定会更加美丽，只可惜盼望已久的蒙古族那达慕大会在雾霾天气中度过。尽管天气不好，但是，依然不能阻挡我参加的迫切心理。于是，一早起来驱车前往学校。由北京那达慕组委会主办，北京通辽企业商会、中央民族大学蒙古语言文学系承办的第 35 届北京那达慕大会在我校体育场举行。

今年的那达慕可谓异常隆重，单说在操场上举行的活动还要发放入场券就看出组织方是如何的重视，如何的良苦用心。为得到这张入场券，我和蒙语系的老师们费尽口舌才要回 12 张票，因为单位有 11 位蒙古族，外加一个蒙古族媳妇儿——我。“你这个蒙古族的媳妇儿可是够上心啊！”同事笑着调侃道。

谁知，到了操场上才发现，不需要什么入场券，如果你有足够的热情，你有对蒙古族的热爱，你有对少数民族文化的欣赏，就可以来参加大会。什么入场券，见鬼去吧，你的热情就是你的入场门票。

尽管天气不是很好，但是那鲜艳的民族服饰，高亢的蒙古旋律，热情的节日氛围，已经将操场装扮得十分艳丽。来自北京各大高校的蒙古族学生，来自呼和浩特民族学院的学生也参加了大会。这里就是一片海，一片蒙古族豪迈的海；这里就是一片天，一片蒙古族热情的天；这里就是一片地，一片蒙古族浩瀚的草地！

今年是第 35 届那达慕大会，将往年的“在京蒙古族那达慕大会”改为“北京那达慕”。“在京蒙古族那达慕大会”最初是在 1981 年由 77 级蒙语班全体学生共同发起，由中央民族大学、民族出版社、中国民族语文翻译局、中央电视台、中央民族歌舞团、民族印刷厂、社科院民族研究所、北京大学等单位联合主办，由在京工作学习的各机关、高校的蒙古、达斡尔、鄂温克等民族的广大干部、职工、学生参加的一大传统盛事，迄今已成功举办了 34 届。今年的第 35 届那达慕大会可谓隆重而热烈，大家熟悉的蒙古族演员腾格尔也在主席台上就坐。据介绍，今年还邀请到了蒙古国人士参加此次大会，可谓嘉宾云集，高朋满座。

蒙古族那达慕盛会已经拥有上千年悠久历史。“那达慕”是蒙古语“聚会、娱乐”之意，蒙古族群众每年都要在水草丰美、五畜肥壮的季节为庆祝丰收而自发举行娱乐盛会。最近几十年，那达慕才开始在城市举办。

我在人群中心慢慢地欣赏着一个个蒙古族朋友的容貌和服饰，他们今天个个身穿节日的盛装，平日里穿着普通衣服的老师们，今天换上蒙古族服装后顿时靓丽不少。

学生们更是兴奋不已，邀请来的演员漂亮无比，人群中发现几个小姑娘在梳头，那种专注、那种激动、那种羞涩，这里就是化妆间，这里就是她们的舞台。她们精心打扮着。准备演出，准备将最美的一面呈现给观众，也在欢乐中度过自己的节日。我赶紧上前，拍下这精彩的一瞬间。

看，呼和浩特民族学院的师生们走过来了，北京科技大学的蒙古族师生走过来了，迈着矫捷的步伐。

在入场式举行之后，开始了精彩的文艺表演。

在一阵阵欢呼声中，世界著名马头琴大师齐、宝力高带着他的马头琴乐队，演奏了《万马奔腾》的曲子，顿时操场上气势如虹，仿佛骏马奔腾在草原上，如行云流水、一阵阵马鸣声穿过浩瀚的空中回荡在天际。

蒙古族，一个马背上的民族、一个神奇的民族、一个顽强的民族。成吉思汗，建立了世界上横跨欧亚大陆的王朝，他的后代子孙们依然那么果敢，那么自信，那么矫健。

看，蒙古族的摔跤（搏克）比赛开始了。蒙古族，崇尚力量，崇尚强势，没有强健的体魄就很难有顽强的性格和心态，蒙古式摔跤是那达慕盛会上绝对不可缺少的主项。

彪悍的蒙古族小伙子们个个摩拳擦掌，跃跃欲试。摔跤手身着摔跤服“昭德格”。坎肩多用香牛皮或鹿皮、驼皮制作，皮坎肩上有镶包，亦称泡钉，以铜或银制作，便于对方抓紧。最引人注目的是，摔跤手皮坎肩的中央部分饰有精美的图案，呈龙形、鸟形、花蔓形、怪兽形，身着的套裤用十五六尺长的白绸子或各色绸料做成，宽大多褶，裤套前面双膝部位绣有别致的图案，呈孔雀羽形、火形、吉祥图形，底色鲜艳，图呈五彩。他们足蹬马靴，腰缠一宽皮带或绸腰带，著名的摔跤手脖子上都缀有各色彩条——“江嘎”，这是摔跤手在比赛时获奖的标志。

只见蒙古长调“摔跤手歌”唱过三遍之后，摔跤手们挥舞着双臂、跳着鹰舞姿势入场，向主席台行礼，顺时针旋转一圈，然后由裁判员发令，双方握手致意后比赛开始。“一跤定输赢”，胜出者友好地将失败者从地面上扶起来，二人握手言和。

那达慕大会上，除了摔跤比赛外，另一个项目是射箭。蒙满两个民族都是马背上的民族，射箭自然是检验成就的重要内容。满族皇帝康熙曾在木兰围场狩猎，兴致勃勃地告诉御前侍卫：“朕于一日内射兔三百一十八只”，这是一种得意的兴致，也是一种强健的本领，更是一种精神上的自信。或许这也是开启“康乾盛世”的一种人格魅力。

操场上，看射箭比赛的人群没有看摔跤比赛的人多，因为摔跤是人多势众的一种力量型比赛，需要气氛，需要呐喊。而射箭比赛，你只需要静静站立，屏住呼吸，观看射箭人那一刻发力的精准。操场上，只有近射比赛，射手立地，待裁判发令后，放箭射向箭靶，优者为胜。比赛的规则是三轮九箭，即每人每轮只许射三支箭，以中靶箭数的多少定前三名。因为受场地的限制，北京那达慕没有骑射比赛，而如果在真正的内蒙古大草原上，那达慕大会还有一项骑射比赛。选手们在骑马过程中完成射箭动作。那个场面让我想起了小时候看过的一部电影叫《红牡丹》。

中午午饭时间到了，我舍不得耽误看比赛，于是就在操场上喝蒙古奶茶，吃蒙古酥油饼。今年的那达慕大会可谓节目纷呈，内容丰富，不仅有传统的入场仪式、搏克、射箭、篮球、排球、足球等活动，还将有多彩的民族服饰展演、妙趣横生的儿童蒙古语会话比赛及内蒙古特产、蒙古族传统医药、蒙古文字图书展示等内容。

有一项活动引起了我的注意，叫作“我用‘母语’来签名”。一位蒙古族小朋友扶着一根竹竿儿，上面挂着彩色布匹，人们纷纷在布匹上用蒙文签下了自己的名字。这个项目，对推广蒙文文化的影响和交流，有非常重要的意义。因为生活在平原地区的蒙古族人，尤其是80后、90后，他们从小接受汉族教育，在家里与大人交流时会说蒙古语言，但是会写蒙文的年轻人越来越少。我想起台湾作家席慕蓉曾写过一首诗《父亲的草原母亲的河》，其中有一句：“啊！父亲的草原母亲的河，虽然已经不能用母语来诉说，请接纳我的悲伤，我的欢乐，我也是高原的孩子啊！心里有一首歌，歌中有我父亲的草原母亲的河。”作为蒙古族人，不会用母语来表达终究有些遗憾。为了让更多的年轻人学习蒙古母语，传承蒙古族精神，弘扬蒙古族文化，这个活动的立意非常好，非常明确。

操场上，许许多多的蒙古族儿童身着蒙古族服饰，在玩耍，在嬉戏，在下棋，平时没有机会这么隆重地欢庆自己的民族节日，大概每年只有今天才能拿出自己的民族服装穿在身上吧。他们今天表现得格外可爱。

民族大学的那些民族节日中，最隆重就是蒙古族的那达慕大会了。不仅项目多，规模大，而且规格也很高。“在京蒙古族那达慕大会”曾受到乌兰夫、十世班禅大师、阿沛·阿旺晋美、杨静仁、马文瑞、程思远、布赫、司马义·艾买提等国家领导人及北京市有关领导和广大人民群众的大力支持与热切关注。利用这个节日，宣传党的民族政策，促进民族团结，加强彼此交流，增进友谊，传播民族文化，共庆传统节日。

看，祭祀的酥油茶香味飘过来了，圣洁的火焰燃起来了，随着美妙的蒙古族音乐，操场上变成了欢乐的海洋。不管是专业的演员，还是普通的群众，不管是老师，还是学生，都沉浸在节日的喜庆中。

那达慕，像是中央民族大学民族节日中最精美的一幅图片，永远留在我记忆的相册里；那达慕，又像是镶嵌在心里最深处的一颗宝石，伴随着我对蒙古族的眷恋和热爱，熠熠生辉，永远闪亮。

瞧，下图是“蒙古巨汉与汉族小女”，好友通过微信发来更有意思的叫法——“女神与兵马俑”，多么空灵的名字啊！

（文中那达慕大会照片为摄影师崔莲大姐拍摄，在此表示感谢）

2017年

4月22日，傣族泼水节

4月的校园，阳光正好，花事正浓，满眼春光，民族大学处在一片花的海洋之中，串串紫藤在花架上垂挂，碧桃没有绿叶的衬托，更加绚丽夺目，黄色的刺玫瑰淋漓尽致地绽放。最抢眼的是楸树。高大的楸干，满树的粉色花朵，开得豪气冲天。为了知道这个树种的名字，我问了三四个同事，有的告诉我这叫泡桐树，有的告诉我是楸树，颇费了一番周折后，终于查到了结果。在花树下凝视好久，想起席慕蓉

的《一棵开花的树》。

就在这样一个美好的季节里，身上每一个毛孔都散发着春的气息，春的韵味，空气仿佛都是甜的，带着蜜意，带着幸福，带着无言的祝福，我们迎来了2017年傣族景颇族的民族节日——泼水节。

校园8号楼公寓前面，已经是人山人海，在京高校的部分傣族景颇族学生已经开始了泼水节前的序曲，美食品尝、特色纪念品等等，学生们穿着极具民族特色的服装，在校园中穿行，荡漾在脸上的是幸福愉快的笑容。勤劳手巧温柔娴淑的傣家小厨娘，洗手作羹汤，躬身献美食，凉拌茶叶豆、米花、大象粑粑、泡鲁达、冈浪片……香气四溢。

傣族，一个被称为“金孔雀”的民族，那悠扬的葫芦丝、那曼妙的舞蹈、那动听的歌声，都给这个民族打上柔美的符号。可是“泼水节”的来历传说却是非常的残忍和血腥。传说很久以前，在傣族聚居的地区有一个残暴的魔王霸占了七个姑娘作为他的妻子，姑娘们看到自己的同胞因为恶魔过着悲惨的生活，决心找到消灭恶魔的办法。聪明的姑娘们心里恨透了魔王，可表面却不露声色，假装与魔王十分要好并趁一次魔王高兴不备时，试探出了用魔王头发即可勒死魔王的秘密。于是，她们趁魔王睡着的时候，悄悄地拔下了魔王的一根头发并勒住魔王的脖子。顷刻间，魔王的头便滚落在地上，同时地上也燃起了大火。原来魔王的头滚到哪里，哪里便发生灾难，抛到河里，河水泛滥成灾；埋在地下，到处臭气冲天，只有魔王的妻子抱着才平安无事。为免除灾难祸害百姓，姑娘们便轮流抱着魔王的头，一人抱一天。天上一日，等于地上一年，每年姑娘们轮换的日子，地上的人们都怀着敬佩的心情，给抱头的姑娘泼一次清水，以便冲去身上的血污和成年的疲惫，作为洗污净身的一种祝福。后来，为纪念这七位机智勇敢的妇女，就在每年这一天互相泼水，从此形成了辞旧迎新的盛大节日——泼水节。

每到泼水节，人们就到附近的山上采集一些鲜花和树叶，然后男女老少都穿上节日盛装，挑着清水，先到佛寺浴佛，再拿着采集的花叶沾水，开始互相泼水，一朵朵水花在空中盛开，它象征着吉祥、幸福与健康，象征着甜蜜的爱情。人们一边翩翩起舞，一边呼喊“水！水！水！”鼓锣之声响彻云霄，祝福的水花到处飞溅，场面十分壮观。

尽管在学校过泼水节没有在当地那么壮观，那么尽兴，但是仍然可以感受到节日的浓重氛围。

据说，今年的泼水节前夕，学生们和老师们有个互动的微信，学生们这样和老师请假“尊敬的老师：泼水节快到，我们是要回家过泼水节的，不然我们寨子可能会输”。机智的老师们如此答复“亲爱的同学：你回去了你们寨子输得更惨，民大泼水节于 4 月 22 日如期举行，建议你去民大为你们寨子赢得帝都赛区的胜利”。果然一山更比一山高。

风情表演开始了，悦耳的葫芦丝、多情的巴乌、优美的孔雀舞、动听的傣家小品，精彩的文艺节目表演让我们领略神秘淳朴的傣家风情。集体嘎光联欢，最是欢乐高潮。敲排铓的小伙子帅得让人移不开眼，漂亮的傣家姑娘带着人们跳舞，传统的民间集体舞，一板一眼、一招一式，美不胜收。

泼水节的高峰来到了，这就是“泼水祈福”。今年泼水节的口号是：“泼湿全身，幸福终身。”只见地上放着三个大大的蓝色塑料水池，同学们手里拿着小盆，从池子里舀出水，互相泼水祝福，小朋友则是穿着雨鞋、雨衣，手里拿着水枪，互相喷射，此时女生的尖叫、男生的逗乐、小朋友的热闹，都汇聚在一起，形成一片欢乐的海洋。地面上立即到处流水，孩子们身上的衣服全湿了，但是他们依然兴高采烈地舞着，跳着。我也被水喷湿了，在尖叫声中躲着，却又不由自主地上前，我在感受着，感受着他们对美的追求，感受着对美好生活的向往，感受着传说中傣族姑娘们的胸怀和机智。

后　记

或许因为工作的原因，我对图书馆有很深的感情，大凡看见与图书馆相关的人物或者事物都有兴趣了解一下。我们熟知的毛泽东曾经是北大图书馆的管理员，后来竟然发现还有许多名人都曾经在图书馆工作过，比如，沈从文：北京香山慈幼院图书管理员；莫言：解放军保定某部图书管理员。

大概在图书馆工作过的人当中，最出名的恐怕是老子了。老子的职务是周王朝的藏室史官，大约相当于今天的国立图书馆管理员。图书管理员的工作很清苦，也很孤独，这对他很合适，可以静心地思考宇宙和人生的大问题。他一向认为“言者不如知者默”，真正有大智慧大学问的人是不用多讲话的，更无须张扬。他的静思冥想收获了巨大的成就，一部《道德经》仿佛一道红光，冲破了宇宙，在天地间树立起一座不可企及的方碑，上面用古拙的字写着：“道可道，非常道；名可名，非常名……”

我也在图书馆工作，也沉默地思考，但是却不能说出一句哲理名言，只有拙朴地记录着点点滴滴思想。不过，和图书接触时间长了，自然有一股书生之气，苏东坡言“腹有诗书气自华”。“气自华”谈不上，但是“眼中有书”却是一件幸事，在书籍海洋中陶醉得不亦乐乎。

书读多了，才知道自己那么渺小，无知，才知道“山外有山，人外有人，楼外有楼”，才知道什么是“学富五车、汗牛充栋”，什么是“博古通今、满腹经纶”，才知道什么叫“饱满的麦穗才低头，扬扬自得的是秕子”，才觉得自己眼界的狭窄、学识的浅薄，甚至有时不敢下笔。书读多了，所谓的知识也就多了些，去丰盈自己的内心，最后，才发现，知识没有给你带来任何金钱和地位，名誉与利益，却让你认知到了骄傲自满的缺陷，于是你学会了自谦低调；你认知到了道德伦理的尺度，于是你学会了原则礼法。

于是，在一次次风雨洗礼中，在知识海浪中，在《雨中的百合》中抒怀，在《风中的驼铃》中徜徉，在《梦中的星空》中遥望。

人生，就这样一晃十几年过去了，回首儿时的天空依然那么灿烂，那么清澈。

曾经有一个好友建议我说，“你可以尝试着写小说”。我知道自己没有驾驭小说这样体裁的能力和手笔。因为小说需要跌宕起伏的情节，需要生动形象的人物，需要嬉笑怒骂的语言，只有心思敏捷和心性灵活的人才能创作出来。而我生性呆愚、质朴，只能写些散文、随笔等平凡、真实、自然的感情。用作家毕淑敏的话来说就是：“我写作时缺乏那种天马行空的想象力，我只能写或者只敢写那些我很熟悉的事情。用的是一个很古老的方法：将心比心。”写作让我愉悦，让我智慧，让我宽容，也让我更“本我”“真我”，觉得写作的时候好像在与另一自己交流、畅谈，在打开不曾打开的心灵，寻找放飞灵魂时的那些意象，它们是山、是水、是雾、是灯，是客观世界的一切物体。我爱上自然，爱上人生，也爱上我！

从2008年出版第一本拙作《雨中的百合》后，2014年出版了《风中的驼铃》，时隔四年，又献给自己一份50岁生日礼物—《梦中的星空》。三本书，自己感觉像是三个境界，如果用唐代禅宗大师青原行思参禅的话就是“起初看山是山，看水是水，后来看山不是山，看水不是水，再后来看山还是山，看水还是水，但此山非彼山也，此水非彼水也”。本书，我尽量挖掘风景背后的历史人物和文化内涵，使旅游性文化散文更有深度，更有厚度，更有内涵。

感谢我的家人、同事、亲朋好友的支持和理解，特别要感谢上海交通大学金国栋教授题写书名。感谢华源书阁郝利云编辑的辛勤劳动，感谢中国文联出版社的大力支持。

由于水平有限，文章肯定存在许多纰漏和不足之处，请读者斧正。是为后记。

高桂芬

2017年7月1日